L'Aspie-lazuli

Carina Col

L'Aspie-lazuli

Roman

LE LYS BLEU
ÉDITIONS

À Seguiti

Préface

Il m'aura fallu presque quarante ans pour me découvrir, apprendre à mieux me connaître et enfin m'accepter. C'est en traversant les épreuves de la vie que j'ai pu atteindre ces lieux, profonds et mystérieux, qui mènent à la connaissance de soi et qui se cachent en chacun de nous. Ceux que l'on craint parfois inconsciemment d'explorer alors qu'en réalité, passées les tempêtes, nous découvrons en notre âme ces îles inconnues et merveilleuses qui nous composent.

Elles font partie de nous depuis toujours, elles nous ancrent dans nos destins mais nous en ignorons les signes. Et, c'est à travers les autres, en me reflétant en eux-mêmes, parfois dans leurs plus vils défauts, que j'ai pu confronter mes propres démons, les apprivoiser et les faire se soumettre à ma volonté de droiture, de respect et de bienveillance.

Je reconnais la chance qui m'est offerte de pouvoir découvrir tout ceci si tôt, et pouvoir le faire découvrir à d'autres désormais. Je suis pleine de gratitude aujourd'hui d'avoir compris et transmuté, à travers le pardon, les cadeaux mal emballés que la vie m'a envoyés.

Combien de femmes et d'hommes sont encore sous emprise, retenus par leurs propres chaînes, sous-estimant le pouvoir de création qu'ils ont réellement sur leur vie ? C'est en ayant cet éveil d'esprit, ce matin-là où je me suis projetée sur mon lit de mort, que je me suis vue regardant par-dessus mon épaule, et que j'ai constaté amèrement derrière moi une vie pleine d'inachevés, d'actes manqués, d'inactions, de soumissions et de non-respect de ma personne.

J'ai pris alors conscience de ma valeur et de mon potentiel, mon seul vrai ennemi c'était moi, il était hors de question que je passe à côté de mon chemin, car toute chose en vie a une place essentielle et un rôle à jouer dans ce monde. Et ma mission à moi serait de partager ce vécu, d'échanger sur ces évidences qui parfois nous passent devant sans qu'on en prenne pleinement conscience, parce que trop aveuglés par nos peurs, notre souffrance, nos doutes et nos fausses croyances.

J'espère en toute humilité que mon parcours permettra cet éveil et cette prise de conscience à celles et ceux qui traversent ou ont traversé une tempête. Il y en aura sûrement d'autres, elles paraîtront durer une éternité et elles vous sembleront presque insurmontables, mais quoi qu'il advienne ne lâchez pas la barre. Ne laissez jamais quelqu'un d'autre prendre le gouvernail et naviguer à votre place, vous êtes le capitaine de votre propre navire, peu importe l'état de votre équipage ou de votre vaisseau, des endroits magnifiques vous attendent à l'intérieur de vous, et ils n'attendent que votre curiosité et surtout votre courage pour être découverts.

Je remercie mes guides pour mon éveil au monde, je remercie mes enfants de m'avoir choisie et d'avoir participé à faire en sorte que je retrouve un souffle de vie et une légitimité d'exister, je remercie ma mère de m'avoir aimée sans conditions ni jugement, et qui m'a légué de précieuses et inestimables capacités transgénérationelles, je remercie ma grand-mère paternelle qui a planté la graine de la foi en mon cœur et qui a su me transmettre ses qualités de droiture, de courage et d'endurance, je remercie ma chatte siamoise, que je considérais comme une sœur d'âme, de m'avoir donné l'attention et le réconfort dont j'avais besoin quand j'étais en souffrance émotionnelle, je remercie ma sœur cadette de me souffler les mots justes pour m'aider à exprimer ce que je n'arrive pas toujours à formuler oralement et je remercie mon père de m'avoir transmis son sens de l'humour et sa curiosité de vie et de m'avoir enseigné les méthodes de la gestion du temps et de l'organisation.

Merci également à ma thérapeute qui a su m'offrir un espace-temps régulier, presque vital, et qui m'a permis de recoller tous les morceaux de mon puzzle, merci à mes ami(e)s d'enfance qui m'ont toujours acceptée telle que j'étais, avec mes particularités et mon manque d'assiduité relationnelle sans jamais s'en offusquer et, merci à tous mes autres sœurs et frères de cœur qui m'ont suivie, aidée, soutenue, celles et ceux qui ont croisé ma route et que je ne pourrais citer sans omission. J'aimerais n'oublier personne, ami(e)s, collègues, professionnels de santé, lecteurs et correcteurs, connaissances, rencontres synchrones et autres signes du destin.

Et enfin, je tiens à remercier ma flamme jumelle qui a choisi de s'incarner ici-bas avec moi, afin qu'on puisse s'y retrouver, s'aider à guérir et évoluer mutuellement. Même s'il n'en a pas encore conscience, même si nos chemins venaient à se séparer de nouveau, nos âmes elles sont liées à jamais, et il sera toujours 22 h 22 dans nos cœurs de loutres.

N'oubliez jamais que nous sommes les seuls maîtres de nos potentiels, les semeurs de nos intentions, les créateurs de nos destinées.

Par ces écrits, parfois fictifs et parfois ressemblant à une réalité uniquement vécue et ressentie par mes soins et pour lesquels je prends l'entière responsabilité et la juste mesure des mots ou des injonctions, je ne souhaite ni blesser, ni accuser, ni juger, mais seulement partager et transmettre un cheminement d'introspection et de guérison de soi. Se connaître soi-même c'est reconnaître l'autre. Vous êtes légitime, osez être vous.

Amour, confiance, espoir, ténacité.
Aie Confiance En Toi.
ACET.
A7. ♥

1
La mission

Quand elle était petite, elle allait à l'école catholique privée ; les enseignants demandaient aux élèves ce qu'ils voulaient faire plus tard et elle répondait toujours qu'elle voulait être bonne sœur en mission.

Pascale a toujours eu ce sentiment profondément ancré en elle de devoir aider les autres. Tout le monde, même son entourage, prenait ça en rigolant ou au contraire, la regardait d'un air étrange. Pour eux, il s'agissait de simples paroles d'enfant, ils pensaient que ça lui passerait, que c'était sans doute un conditionnement scolaire. Cependant, plus elle avançait, plus elle se confortait dans ce choix et malheureusement plus elle avait droit aux moqueries ou aux silences inquiets. Pourtant elle était sincère, elle voulait nourrir les enfants d'Éthiopie qui mourraient de faim, elle voulait partir en mission humanitaire dans les villages perdus du désert saharien. Elle était inspirée pour faire de grandes choses et pour aider son prochain. Elle ne comprenait pas que la souffrance puisse exister. Elle ne la tolérait pas parce qu'elle la ressentait au plus profond d'elle-même. Elle incarnait si bien l'autre dans sa douleur qu'elle pouvait la ressentir physiquement.

En grandissant et par la force des choses, elle s'est résignée à entrer dans le moule, cela lui a valu de se sentir presque toujours isolée et inutile. Elle s'adressait souvent à la source, demandant « *Mais pourquoi m'as-tu créée ? Pourquoi m'as-tu mise sur cette terre si je ne sers à rien ? Quelle est ma mission de vie ? À quoi suis-je destinée ?* ». Pour elle, il était douloureux de ne pas savoir et de rester dans l'incompréhension de son utilité au monde. Devoir suivre le mouvement social, sans intérêt de dévotion, être un mouton dépourvu d'élan humain. Ça n'avait pas de sens. Elle avait besoin d'une vocation, de donner du sens à sa vie, d'incarner un rôle de sauveur ou de justicier.

Enfant, elle avait des goûts plutôt restreints, entre autres fascinée par les dinosaures et la préhistoire, elle a été ensuite attirée par l'Égypte ancienne et la mythologie grecque. Pascale était toujours en décalage par rapport aux intérêts classiques des jeunes de son âge, voire même dans ses choix de vie d'ailleurs, dans sa manière de s'habiller ou dans ses habitudes alimentaires. Comme tous les enfants elle a ensuite voulu faire des métiers à la mode ou convoités comme pompier, archéologue ou photographe, mais finalement rien de tout cela n'était vraiment fondé, elle voulait juste imiter, faire comme les autres, ne plus être montrée du doigt pour sa différence. C'est quand elle a terminé ses études dans le domaine artistique qu'elle a compris que ce milieu artificiel n'était pas fait pour elle.

2
Les émotions

Quand elle pleure, c'est à chaudes larmes intarissables, et quand elle se met en colère, c'est un séisme nerveux incontrôlable. Pascale n'a jamais su contrôler ses émotions. Elle se fait mal nerveusement, à l'intérieur. Le contrôle d'elle-même lui prend alors toute son énergie, elle est vite fatiguée et épuisée d'avoir autant pris sur elle. Socialement, ça ne se fait pas d'exploser ou de faire une crise comme le ferait un enfant se roulant par terre dans un magasin de jouets, alors elle se contient. Quand trop d'émotions l'envahissent, elle ne sait plus quoi en faire, elle perd le contrôle, tout se mélange et puis au final tout lâche, elle pleure pour évacuer.

Ayant toujours eu du mal à cerner ses émotions et ses ressentis, elle croit parfois ressentir quelque chose de précis mais elle n'a pas la bonne émotion qui va avec. C'est assez déstabilisant aussi bien pour elle que pour les autres. Ceux qui ne la connaissent pas finissent par la fuir ou la juger hâtivement et avoir une image tronquée de qui elle est vraiment. Ce n'est pas réellement ce qu'elle a voulu faire paraître. Ce qu'elle aimerait c'est d'abord identifier son ressenti pour ensuite ajuster l'émotion avec l'expression correspondante. Par exemple, lorsqu'elle doit annoncer une chose grave ou parler d'un sujet douloureux, elle sourit, parfois même elle rit. Elle n'arrive pas à identifier ce qu'elle ressent à ce moment-là et surtout à expliquer pourquoi son expression est décalée, voire contraire. Uniquement focalisée sur la honte puis la culpabilité car elle se rend compte que ça ne se fait pas et qu'elle blesse son interlocuteur. Inversement, si elle est prise d'un fou rire, elle finit inévitablement par pleurer. Elle ne comprend pas, elle a l'impression de se ridiculiser et finit par s'isoler.

Une fois au collège, il lui a fallu annoncer une terrible nouvelle devant toute une classe. Elle sentait une grande angoisse qui lui dévorait l'estomac, quand tous ces yeux braqués sur elle attendaient ce qu'elle avait à leur dire. Alors elle s'est mise à rire, ses nerfs ont lâché, c'était un rire presque déchirant parce qu'elle savait que c'était inapproprié à la situation, elle s'en voulait terriblement, mais elle ne contrôlait plus rien. On ne rit pas de la mort. Finalement, elle s'est effondrée en larmes quelques secondes après, se détestant et culpabilisant de ne pas avoir su gérer cette émotion. Elle était passée pour un monstre sans cœur, c'était insupportable, alors elle a pris la fuite. Toutefois, au fil des années, elle a vite compris qu'elle ne pouvait pas se fuir elle-même. Une fois de plus, elle a senti le rejet des autres qui n'avaient pas compris non plus pourquoi elle avait ri. Comment aurait-elle pu se défendre ? Pascale était elle-même dans l'incompréhension de son propre comportement, de ses réactions inadaptées et elle n'avait aucun argument pour se justifier.

Quand elle se sent en confiance, elle parle beaucoup trop, une vraie pipelette, elle ne s'arrête plus, surtout si le sujet l'intéresse et la passionne, mais elle peut aussi rester une journée entière sans parler, dans sa bulle. Si on la dérange, c'est comme si on venait bousculer un lion affamé en train de manger, ça l'écorche vif, comme si un orchestre surgissait soudainement dans une bibliothèque. Elle doit se contrôler pour ne pas répondre sèchement ou méchamment, elle sait que cela vient d'elle, avant même d'agir, mais c'est instinctif, elle ne maîtrise pas l'émotion de surprise.

Elle est fatiguée, tout le temps. On lui a souvent reproché cette apparente léthargie. Et aujourd'hui, elle a enfin un début d'explication. Tout prend enfin un sens. Elle est fatiguée parce qu'elle est dans le contrôle permanent, dans la maîtrise de ses réactions, de ses sensations, son corps est sans arrêt en tension, tendu, sur le qui-vive, crispé, même quand elle dort, elle a les poings serrés, les pouces entrés dans les paumes de mains. Souvent, ce sont les cervicales et la mâchoire qui en prennent un coup. Son besoin de contrôle est assujetti à une exigence extrême et elle ne se laisse pas beaucoup de répit. Elle s'en rend bien compte mais elle a du mal à se laisser aller et elle n'a pas encore exploré pourquoi elle s'inflige autant de rigueur. Sûrement un passif non digéré ou des peurs encore ancrées.

Combien de fois petite on la bousculait, on la traitait de feignante ou de marmotte, elle avait besoin de douze heures de sommeil voire plus, même quand elle se couchait tôt. On disait d'elle qu'elle était lente, bête et empotée. C'était terrible, ça la bloquait complètement. Aujourd'hui encore si on la brusque trop elle se paralyse, elle n'est plus dans l'action mais en état de choc, comme si un raz de marée intérieur l'obligeait à se raccrocher brutalement à sa colonne vertébrale, c'est une perte d'équilibre totale, elle perd tous ses moyens. Son souffle se coupe, ses poings se referment, son corps se raidit, elle est en apnée. Le temps et l'espace prennent une sorte de lenteur démesurée. Elle n'a plus aucune réactivité, comme un hérisson traversant l'autoroute, et qui, effrayé, se mettrait en boule en attendant que ça passe.

3
Les troubles cognitifs

Trop de sons différents la rendent quasiment sourde. Pascale ne distingue plus ni les bruits ni les voix, elle les confond. Si la télévision est en marche, que l'eau de la vaisselle coule et que l'on vient lui parler en même temps, elle ne comprend plus rien. Pour elle, tout devient un seul et même chaos auditif, c'est terrifiant, comme si on avait monté le volume sur cent vingt décibels. Elle doit tout stopper pour demander de répéter, ou à défaut elle doit fournir un effort conséquent pour se concentrer et tenter de comprendre ce qu'on lui dit.

Au contraire, dans un contexte un peu plus calme, elle est capable de ne faire attention qu'à un seul bruit ou un seul détail, et alors plus rien n'existe autour, elle fait abstraction de tout le reste. Ce bruit peut l'attirer comme il peut devenir complètement insupportable. Elle se met dans sa bulle, comme si elle était présente sans l'être vraiment. Spectatrice de la scène, parfois même ne se sentant plus pesante physiquement, elle n'est plus que sa pensée, légère et désincorporée.

Avec le temps, elle a pu distinguer deux atmosphères différentes de ses mises en bulle. Un aspect plutôt bienfaisant, un cocon de bien-être, où une sorte de béatitude euphorique l'envahit. Elle s'y sent bien et se coupe du monde, comme quand on fixe son regard quelque part et que l'on commence à flouter et à rêver les yeux ouverts. Elle ne voit plus qu'une seule chose, elle occulte ce qu'elle n'a pas envie de voir ou d'entendre, plus rien d'autre n'a d'importance.

La seconde ambiance se révèle plutôt en état d'urgence, c'est une bulle de secours, on dirait plutôt qu'il s'agit d'un refuge quand elle se sent agressée, angoissée ou bousculée par des bruits, des odeurs, des gens, alors elle se met en arrêt, elle bloque tous ses sens, elle s'immobilise et plus rien n'a d'impact. Par réflexe de sécurité, elle s'enveloppe tout entière d'un écran protecteur comme un airbag après un choc. Il n'y a plus qu'elle avec son souffle et ses battements de cœur, ça lui permet de se recentrer, elle s'entend penser, respirer, elle essaie de se calmer. Cela transparaît par de longues séries d'hyperventilation, de tics, de craquages de doigts, de grattages, toujours les pouces entrés dans ses poings serrés, la pression des paumes, le craquement enroulé de ses poignets.

Elle décortique tout, tout le monde et tout le temps. Ça l'épuise, elle essaie de tout anticiper et comme elle ne détecte pas ou peu les émotions des gens, et ce qu'ils ressentent vraiment, elle se met à imaginer, à angoisser, ce qui devient frustrant pour elle et irritant pour les autres. Elle ne supporte pas non plus les contacts, en tous les cas non désirés. Quand on la touche sans qu'elle l'ait anticipé ou quand elle n'est pas à l'initiative, elle éprouve du dégoût. Sa peau est anormalement sensible aussi, quand on lui appuie sur les bras, les jambes ou qu'on lui saisit les poignets ou les épaules, même une légère pression, elle a mal comme si on la cognait au poing, son rapport à la douleur est excessif. On lui dit qu'elle exagère ou qu'elle est douillette, pourtant c'est un ressenti physique réel, elle est hypersensible.

Elle ne supporte pas non plus le froid, les courants d'air, les étiquettes, les matières qui grattent, les emmanchures trop étroites ou les dessous en dentelle. Elle n'aime pas non plus qu'on s'approche trop près d'elle pour lui parler, qu'on la frôle, qu'on lui respire dessus, ça l'étouffe. Elle se sent agressée, elle peut avoir des réactions très vives ou être dans le rejet sans prévenir. Elle n'aime pas non plus qu'on l'arrose avec de l'eau d'une manière soudaine, qu'on la bouscule ou qu'on lui fasse peur. La sensation de surprise ou d'effroi lui fait mal physiquement.

Pascale ne s'exprime pleinement que par écrit. À l'oral, elle est souvent désemparée, il faut qu'elle construise ses phrases et qu'elle mette en ordre ses idées, qu'elle planifie son discours en suivant le déroulé de ses pensées. Un peu comme on ferait un brouillon pour une dissertation, mais à l'oral cette construction doit se faire virtuellement. Dans son cerveau, parfois, elle a l'impression que l'espace est trop limité, trop étroit. Elle étale les feuilles de brouillon les unes à côté des autres, mais elle n'a pas assez d'espace, les pensées glissent, elles se mélangent, et elles finissent par devenir insaisissables. À l'écrit, les émotions sont un peu plus contrôlables, on peut les rattraper, les réécrire, leur donner un sens plus approprié. Parfois, en plein discours elle perd le fil comme elle perdrait une feuille, et alors c'est le trou noir, elle ne sait plus ni où elle en est ni où elle voulait en venir. Quand on lui coupe la parole, ou bien qu'elle fait un focus, elle se perd elle-même.

Ça doit être pour ça qu'elle parle vite, parfois sans s'arrêter. Elle peut avoir un débit de parole qui vous noie, qui vous étourdit, elle ne saura même pas voir si son interlocuteur a décroché ou s'il est ennuyé. Elle a tellement peur de se perdre en route qu'elle veut tout déballer, sans ponctuation, sans reprise de souffle. Par écrit, au moins, elle peut relire et reprendre là où elle s'est perdue, c'est le côté rassurant des mots. Avoir le contrôle des choses, ne pas avoir non plus de jugement frontal, elle a le temps d'anticiper les réactions et de s'y préparer.

Certaines textures aussi lui sont ingrates. Les abricots ou les pêches à peau de velours lui donnent des frissons, elles lui font mal aux dents, certains pourront comparer ça à la craie qui crisse au tableau, et elle ressent ça comme une douleur physique, même juste en regardant de loin un objet, un bout de polystyrène, des chaussures en nubuck ou des matières rugueuses, les textiles synthétiques ou en éponge mouillés qui frottent entre eux.

Quand elle doit se rendre quelque part, c'est comme si elle partait en mission, elle doit se préparer mentalement pour sortir et appréhender le meilleur itinéraire, il doit être le plus simple et le plus fluide possible. Elle s'imprime le trajet à l'avance, si l'horaire du bus ou du train est modifié en dernière minute elle panique, elle a envie de pleurer, et elle sent l'émotion arriver et devenir ingérable. Avec le temps, elle a appris à mieux la contenir, avec des méthodes pour contrôler la crise de larmes qui suit derrière, des exercices de respiration, de lâcher-prise ou de visualisation mentale lui permettent de relativiser, mais ce n'est pas toujours efficace.

4
Les interrogations

Ayant lu beaucoup d'articles, de témoignages, de récits et d'extraits biographiques, de diagnostics médicaux spécialisés décrivant les symptômes caractéristiques des aspies, diminutif donné aux personnes présentant le syndrome d'Asperger, Pascale doit avouer qu'elle n'est pas totalement d'accord. On constate, d'après elle, des résultats de recherches qui sont essentiellement basées sur des profils masculins, et des recoupements catégoriques avec l'autisme de bas niveau dont, selon elle, nous sommes allés très loin dans le cliché, à la limite du ridicule.

Le syndrome d'Asperger est une spécificité génétique, un trouble du spectre autistique dit de haut niveau. Mais, en relisant plusieurs fois chaque article ou sujet mentionnant le syndrome d'Asperger, elle constate qu'on y parle aussi de traits particuliers et uniques, un aspie ne ressemble jamais à un autre aspie, et, si on compare un homme et une femme, ce serait encore différent. Tout ceci la laisse perplexe. Et puis il y a la question du diagnostic, comment faire confiance à un avis médical, basé sur des tests, établis eux-mêmes sur toutes les incertitudes et les différences qu'elle semble souligner lors de ses lectures, le spectre semble si large et l'éventail humain tellement complexe. Il n'y a qu'un aspie qui puisse sentir qu'il l'est et il ne peut le savoir que parce qu'il se compare avec un non aspie. S'il ressent sa différence, son décalage, et encore, comment savoir de quel côté du miroir elle se trouve ?

Pascale se torture tellement le cerveau qu'elle rajoute, à sa fatigue cognitive, une fatigue cérébrale, comme si son cerveau était en action toute la journée, sans interruption, elle n'a pas de répit, jusqu'à parfois mémoriser des plaques d'immatriculation dans la rue ou des numéros de téléphone sur les panneaux d'agences immobilières, ce qui, nous sommes bien d'accord, lui est complètement inutile. À côté de ça, elle n'arrive même pas à se rappeler de ramener le pain pour le repas du soir ou le dosage précis des ingrédients pour une recette de cuisine.

Avec des si, elle referait le monde, mais avec les si qui se bousculent sans arrêt dans sa tête, elle finit par ne rien faire du tout. On lui reproche de trop se prendre la tête, qu'elle cérébralise tout. Mais elle a toujours eu ce fonctionnement, elle ne voit pas d'autre intérêt dans la vie que de comprendre et analyser comment s'entrecroisent les mailles du système, elle ne peut pas subir bêtement sans apprendre pourquoi et comment ça tourne. Se laisser porter par la vie, lâcher prise, elle essaie, de toutes ses forces, mais elle ne sait pas vraiment comment on fait, il lui faut un schéma, une trame logique, lui expliquant comment mettre en place les choses, sinon elle ne sait même pas par où commencer. Il lui faut apprendre à ne pas tout comprendre ou tout expliquer, accepter aussi de ne pas avoir le contrôle sur tout, les choses n'ont pas besoin d'être parfaites. Il lui a fallu d'ailleurs tout apprendre. Apprendre à faire le ménage, à faire la cuisine, à remplir une feuille d'impôts, apprendre à vivre. Elle s'est sentie handicapée du quotidien depuis toujours. Et elle ne veut pas simplement savoir faire les choses en théorie, mais surtout savoir comment les mettre en pratique, dans l'ordre, par où commencer, comprendre une logique qu'elle n'a jamais eue d'une manière innée et qui l'a fait se sentir en marge toute sa vie.

Elle n'est pas non plus d'accord avec le fait de dire que les personnes autistes Asperger n'ont pas d'empathie. Elle est très empathique, mais ça ne se voit pas. Elle ne sait pas comment réagir quand quelqu'un pleure ou a de la peine, en tous les cas pas la première fois qu'elle y est confrontée, elle essaie de faire une blague ou de sortir une phrase de complaisance, mais c'est toujours décalé. Elle passe pour quelqu'un de froid, de prime abord, distant même, alors que ça la touche vraiment, elle va ressentir le chagrin ou la douleur de l'autre, mais ce qui va lui venir de suite à l'esprit sera très pragmatique. Elle pense à le soigner, à calmer sa douleur, à régler son souci matériellement parlant ou lui donner un conseil logique, et ensuite elle va rester là, bêtement, ne sachant que faire, les bras ballants. Rarement, elle aura le premier réflexe de prendre l'autre dans les bras ou de le consoler. Encore une fois, le souci du contact intervient et elle se sent désemparée, elle n'a pas les codes instinctifs de ce qu'il faut faire dans ce genre de situation, pourtant à l'intérieur, elle se sent dévastée, elle met des jours et des semaines à se remettre de certaines émotions. Elle ne regarde même plus les actualités à cause de ça.

On lui reproche souvent d'avoir le visage sombre ou fermé, les sourcils froncés, même pendant de super moments festifs ou pendant les vacances en famille, où l'on est censé être détendu et reposé. On lui demande : « *Ça va, ça te plaît ? Tu es contente ?* », et elle répond toujours d'un ton monotone et peu enthousiaste : « *Oui, oui, ça me plaît, je suis contente* ».

Elle n'y avait jamais fait attention, jusqu'à ce qu'on lui fasse amèrement remarquer. Alors que dans sa tête c'est un vrai parc d'attractions, avec les feux d'artifice, le spectacle des chars et tout le tralala. Elle a tous les sens en éveil, elle voit grand et en couleurs ; trop grand et trop de couleurs d'ailleurs ; tout est tellement exacerbé que finalement elle se confine étroitement en elle, ça finit par lui faire mal, ça la heurte et elle n'arrive pas à l'exprimer. Ça reste en elle, elle le vit de l'intérieur, comme un feu de joie qu'on essaie d'étouffer pour ne pas qu'il dévaste toute la forêt. On la bouscule encore : « *Sors de ta bulle, arrête de rêver, on dirait que tu fais toujours la gueule, que rien ne te satisfait, tu es dépressive ?* ». Elle a envie de crier que non, que c'est tout l'inverse, qu'elle n'y arrive pas et que c'est juste une réaction de repli. Parce qu'elle se sent agressée, étourdie, perdue, qu'elle est frustrée et se sent coupable de gâcher ce moment en faisant paraître involontairement que ça ne la rend pas heureuse. Parce qu'elle a conscience de sa réaction inappropriée et qu'elle a le poids de cette frustration en plus à gérer.

Mais finalement, elle se tait, elle s'enferme dans un mutisme émotionnel, parce qu'ils ne comprendraient pas, parce qu'elle n'a pas les mots, par ce qu'elle a peur du rejet, parce qu'elle ne sait toujours pas si elle est réellement ce qu'elle pense être. Comment exprimer ce que nous sommes quand on ne sait pas soi-même qui l'on est ?

5
Les stéréotypies

Pendant longtemps, Pascale pensait avoir des tocs, pas compulsifs car elle peut s'arrêter quand elle s'en rend compte, mais elle a des sortes de manies ou d'habitudes étranges qui sont devenus plus de l'ordre de rituels paraissant idiots aux yeux des autres mais rassurants pour elle. Elle ne savait pas comment les appeler jusque-là, ni même si c'est inhérent au syndrome, jusqu'à ce qu'elle échange avec d'autres aspies. Ce sont des stéréotypies.

Elle range aussi ses feutres ou ses gels douche par couleurs ou par ordre de taille, elle trie tout dans des boîtes, des pochettes, des trousses, elle a des codes couleurs pour s'organiser, des habitudes alimentaires étranges, parfois elle n'a pas faim, comme écœurée et parfois elle a des périodes répétitives où pendant des jours elle peut manger la même chose sans se lasser. Quand elle cuisine, elle finit toujours les paquets de riz ou de pâtes en les secouant minutieusement car le dernier grain l'angoisse, comme si elle faisait un orphelin, elle se sent coupable de le jeter, de le laisser seul, de le couper du reste de sa famille en boîte. D'ailleurs, la solitude l'angoisse. Non pas le fait de rester seule avec elle-même ou chez elle, mais plutôt être seule au monde, comme la dernière survivante, elle a besoin de savoir que l'autre existe, même si elle ne le voit pas ou ne lui parle pas, juste savoir qu'il est présent et qu'il va bien.

Elle fait toujours les choses de la même manière et dans le même ordre. Elle passe toujours par les mêmes endroits même si c'est le plus long, elle a toujours les mêmes phrases, les mêmes proverbes ou anecdotes qui fusent dans son esprit pour les mêmes idées, les mêmes rebonds de jeux de mots ou de conversations.

Elle a cru étrangement, et pendant longtemps, qu'elle avait été adoptée. Pascale avait un ami imaginaire, de l'âge de quatre ans jusqu'à sept ans. Il venait toujours la voir en rêve mais elle en parlait beaucoup le jour également. Il était vieux, avec une barbe soigneusement taillée et des cheveux blancs, il était bedonnant avec un gros pull bleu à col roulé et un pantalon crème à pinces. Il s'appelait Seguiti. Plus tard, après plusieurs événements synchrones et troublants, elle finira par avoir le déclic de le traduire et se rendre compte que cela signifie « *Je te suis* » en Italien. À partir de là, elle s'est mise à s'interroger. Comment le cerveau d'une enfant de quatre ans pouvait-il inventer un nom qui ait un sens aussi significatif, aussi étrangement censé, et en plus dans une autre langue ?

Elle pensait donc avoir été adoptée, dans sa tête le scénario était tout fait, presque réel, ses parents et elle avaient eu un accident de voiture et elle était la seule survivante. Elle était restée handicapée moteur, ses parents n'avaient pas survécu. Mais, étant de grands scientifiques, chercheurs et développeurs en technologie, ils avaient inventé et programmé des clones cyborgs à leur image, au cas où il leur arriverait quelque chose. Ces clones étaient censés l'élever et s'occuper d'elle jusqu'à ce qu'elle soit majeure. Malheureusement, leur aide était toujours un fiasco. Pascale faisait cauchemar sur cauchemar et se réveillait sans arrêt la nuit à cause de ses angoisses.

Dans ses rêves, elle était toujours persécutée par les autres enfants ou par des dinosaures, et son ami Seguiti était toujours là pour l'aider. Il n'y avait pas de ciel, ses rêves étaient plafonnés, on pouvait apercevoir une sorte de grande toile tendue bleu ciel au plafond, un trompe-l'œil derrière lequel vivait Seguiti. Au-dessus de cette toile se trouvait une grande salle remplie de machines dans laquelle il pouvait tout contrôler. Le monde, les animaux, les gens, les saisons, le vent, tout était relié, c'était inimaginable et grandiose de réalisme à la fois.

Elle faisait souvent le même rêve, dans la cour de l'école, pendant la récréation, les autres élèves lui jetaient des cailloux parce qu'elle était différente. Avec ses jambes en bois, des sortes de prothèses qui ne la portaient même plus et qui étaient repliées sous elle-même, elle portait le seul vestige de son accident de la route, mais qui étaient inutiles pour marcher donc puisqu'elle flottait dans les airs. En effet, dans tous ses rêves elle n'a jamais couru ou marché normalement mais elle volait et se déplaçait par la seule force de sa pensée, en apesanteur. Et cette différence devait sûrement embêter ses camarades au point de la harceler. Sans doute son inconscient lui faisait déjà réaliser qu'elle était atypique et à l'écart socialement. Alors, dans la suite de ses rêves elle se mettait à crier : « *Seguiti, aide-moi !* ». Son ami s'activait alors dans la salle des machines pour créer autour d'elle une sorte de bulle en verre qui la protégeait des attaques et où plus rien ne pouvait l'atteindre. Très troublant et ressemblant étrangement à sa mise en bulle lors de ses surcharges émotionnelles dans la réalité. C'est de là que lui est apparue la compréhension de ses états de mise en bulle.

Pascale a su lire dès l'âge de trois ans. Elle se rappelle encore très bien ce jour-là, du haut de ses trois pommes ; expression fréquemment employée par Pascale, comme des dizaines d'autres, par mimétisme, mais dont elle n'a jamais compris réellement le sens. Pour elle, trois pommes empilées les unes sur les autres sont bien trop petites pour définir sa taille réelle en centimètres, mais au fil du temps elle a assimilé le sens de ces expressions et quand elle pouvait les placer.

En début de maternelle donc, elle est rentrée de l'école complètement excitée, elle a saisi son livre préféré, puis, enfermée dans sa chambre, elle a commencé à déchiffrer les syllabes, les mots et enfin la première ligne, et elle a commencé à répéter de plus en plus fort : « *Maman, je sais lire, je sais lire…* ». Elle était tremblante, émue, agitée, elle se rappelle avoir ressenti une fierté et une joie immense à l'idée de pouvoir dévorer tous les livres de sa bibliothèque. Et c'est ce qu'elle s'est empressée de faire. Cet après-midi-là, assise au pied de son lit, en tailleur, elle a lu, absolument tout, tous les livres qui lui passaient sous la main.

Encore aujourd'hui la lecture est une échappatoire pour elle, comme un voyage, elle vit ce qu'elle lit, plus rien n'existe autour d'elle et quand on la dérange en train de lire elle a toujours et encore cette réaction de rejet vive et impulsive.

6
La révélation

Faire les courses dans un trop grand supermarché lui provoque des crises de panique. Elle se paralyse souvent dans les rayons, elle se sent perdue et si on la bouscule trop, le plus souvent, ça finit en pleurs. Trop de bruits, trop de sollicitations, c'est comme un labyrinthe pour elle. L'agencement des rayons n'est pas adapté à sa logique, pour peu que la disposition des rayons change en cours de route, à peine s'y sera-t-elle habituée et la revoilà perdue pour des semaines voire des mois. Elle ne supporte pas longtemps les lumières, les couleurs, les odeurs, les gens, elle en finit presque malade, la tête qui tourne et en hyperventilation. Elle évite au maximum de s'y rendre, et elle évite aussi les grands magasins le plus possible en allant au drive ou par les achats en ligne.

Un jour, Seguiti, son ami imaginaire, est venu la voir en rêve, elle avait sept ans. C'était un repas de Noël, dans un petit chalet à la montagne, il y avait une tempête de neige dehors, elle était assise en famille, il y avait une cheminée, le feu crépitait et la table était mise et décorée. Il a frappé à la porte, s'est dirigé vers elle et il lui a dit qu'il devait partir car maintenant elle était assez grande pour prendre soin d'elle toute seule. Il a ajouté qu'il devait aller s'occuper d'autres enfants qui avaient besoin de lui, tout comme il s'était occupé d'elle pendant toutes ces années. En se réveillant, elle a pleuré toutes les larmes de son corps, elle s'est sentie perdue et abandonnée, et elle ne l'a plus jamais revu, d'ailleurs elle n'a plus jamais rêvé de dinosaures ou de salle des machines.

Trente-cinq ans, c'est le temps qu'il lui a fallu pour découvrir qui elle était et ce qui clochait chez elle, ou plutôt ce qu'on avait essayé de lui faire passer comme étant une anomalie. Mais cette fois, c'est une évidence, pas juste un doute ou une piste comme lorsqu'elle a pu faire des recherches sur le développement personnel en général, quand elle a découvert ce qu'était le TDAH, trouble du déficit de l'attention avec hyperactivité, ou qu'elle s'est mise à faire des tests de quotient intellectuel, et qu'on l'avait aiguillé vers un éventuel HPI, haut potentiel intellectuel. Et bien avant encore quand les premiers doutes s'installaient et que les divers médecins qu'elle avait croisés lui ont parlé de dépression, de burn out, de stress mal géré, qu'elle était spasmophile, qu'il fallait qu'elle aille voir un psychiatre ou que c'était de la fatigue chronique ou du surmenage et que, quelques comprimés de fer, de magnésium ou de médicaments plus corsés type somnifère ou antidépressifs pourraient sûrement l'aider. Par chance, elle n'a jamais pu supporter ce type de médicaments ou tout traitement qui pouvait altérer ses perceptions, et elle a toujours refusé d'en prendre, et n'a jamais accepté ce genre de prescription hypothétique et radicale.

Et puis, elle a arrêté de chercher. Elle a fait le caméléon et elle a préféré continuer de vivre avec, dans le déni certes, mais juste pour avoir la paix. Sauf que la fatigue, toujours plus présente, a fini par revenir au galop et finalement lui a fait prendre conscience qu'elle se mentait à elle-même en se faisant croire que tout allait bien. Cette fois, on lui amène enfin une réponse plausible, une révélation crédible sur plusieurs années d'incompréhensions, personne ne peut le comprendre sans l'avoir vécu et les termes superlatifs qu'elle emploie peuvent paraître exagérés aux yeux de ceux qui ne le vivent pas de l'intérieur.

C'est comme un point d'eau, une eau fluide et limpide dont on aurait découvert la source, une fois qu'elle jaillit, elle coule par elle-même, là où elle doit suivre son cours, plus rien ne peut l'arrêter. Bref, elle ne pouvait plus s'arrêter de lire sur le sujet, elle revivait la même émotion qu'à ses trois ans quand elle avait pu lire toute sa bibliothèque, plus rien n'avait d'importance à part lire.

7
Le camouflage

Ça a commencé toute petite, elle était frêle, pâle, limite anémiée, la viande rouge lui donnait des hauts le cœur, timide ou plutôt introvertie, une grosse tête avec de grands yeux noirs qui scrutaient le monde et ses détails. Pascale fixait les gens, les visages, les nez et les bouches, longuement, dans les salles d'attente, dans le parc. Elle les dévisageait avec insistance, jusqu'à la gêne, jamais dans les yeux, ils lui faisaient peur, elle avait l'angoisse de tomber dedans ou d'être aspirée à l'intérieur des pupilles comme des petits trous noirs dans la galaxie de leurs iris. On la disait calme, sage, l'enfant rêvée, là où on la posait on pouvait venir la chercher quelques heures après, un pot de fleurs humain. Silencieuse, rêveuse, puis à l'adolescence dans le rejet, pas très féminine, un peu gauche, maladroite, sauvage et sélective.

Elle avait quelques manies ou habitudes récurrentes, beaucoup de solitude, hypersensible physique et émotionnelle. Elle a fait des petits boulots en décalage avec sa vision des choses et de la vie. Puis elle a pris conscience à cette époque qu'elle analysait tout, tout était toujours complexe, à se demander pourquoi ou comment ? Sans jamais trouver de réponses qui puissent la satisfaire.

Certaines conversations étaient vite écourtées parce qu'elle avait des points de vue trop différents où il fallait argumenter et cela lui demandait trop d'efforts, trop de concentration, elle préférait se taire ou s'isoler. Et puis il y a eu les blessures de la vie, le rejet de certains de ses proches, les brimades, les bousculades à l'école, les réflexions en famille, blessantes ou humiliantes.

Une fois encore, au collège, avec son petit col Claudine et son serre-tête en velours, elle se rappelle qu'une dernière année est venue la voir avec son groupe. Elle l'a poussé en arrière et s'est exclamée : « *Eh toi, les sourcils, ça s'épile !* ». Et puis sans attendre aucune réponse, elles sont parties en ricanant comme une meute de hyènes.

Elle n'avait jamais pensé à ça, à ses sourcils ou à son apparence, elle n'était pas du tout en phase avec les critères de beauté ou de tenue vestimentaire à la mode. Elle n'était pas non plus la plus exclue, elle avait heureusement quelques amies, mais d'une manière générale ça ne durait pas, jamais elle n'a pu intégrer un groupe ou une bande, elle était encore jeune dans sa tête, on la disait coincée, les sujets ou intérêts de ses camarades n'étaient pas du tout les mêmes et vraiment loin de ses préoccupations.

Elle aimait les chats, plus que tout, elle collectionnait tout sur eux. Eux seuls la comprenaient, pas besoin de parler, avec eux elle pouvait utiliser un langage non verbal et intuitif. Elle jouait encore à la poupée, elle dessinait sans arrêt, le dessin était son refuge, elle oubliait tous ses soucis et son mal être, son cerveau se reposait pendant des heures, plus rien n'avait d'importance, elle en oubliait presque de manger ou d'aller aux toilettes.

Les tentatives d'insertion ou de camouflage ont plus ou moins marché car son physique était déjà plus avancé que son mental, bien qu'elle était plus mature que la moyenne sur certains sujets, elle restait malgré tout très naïve et fleur bleue. Elle a pu se faire quelques amies et elle a gardé contact avec certaines d'entre elles encore aujourd'hui, elles ont su l'accepter telle qu'elle était sans jamais la juger, sans non plus lui en vouloir de ne jamais les appeler ou prendre de leurs nouvelles, elles sont encore là à ses côtés d'ailleurs et elle ne les remerciera jamais assez pour leur générosité. Et puis il y a la vie de famille que l'on construit, la rencontre que l'on croit être la bonne, les aléas de la vie de couple aussi avec les discordes, l'incapacité de se défendre ou de s'expliquer dans ces moments-là car elle était dans l'ignorance de ses troubles au début puis dans l'incompréhension totale ensuite de ses réactions.

Des réactions qui lui échappent de plus en plus, des angoisses, des crises d'hyperventilation, des attentes sociales et affectives fortes mais sans pouvoir se donner les moyens de les combler. Elle ne comprenait ni d'où venaient ses difficultés, ni comment y remédier. Elle subissait des baisses de moral devant cette incapacité, des stéréotypies, des pleurs et des sensations encore plus vives, ça allait crescendo et sa vie était devenue une vraie montagne russe dont elle ne voyait pas la fin. Sans arrêt pointée du doigt sur ses manquements, ses lacunes, toujours accusée ou accablée et, par son manque de confiance, elle se remettait sans arrêt en question.

Elle n'avait plus aucune prise de recul possible. Elle se sentait se noyer et plus elle s'agitait pour reprendre de l'air, plus elle en manquait, elle suffoquait. Le cercle vicieux de la perte de repères sous emprise avait commencé. C'était la descente aux enfers et elle ne savait plus comment en sortir.

8
La synchronicité

Et puis un jour, après avoir maintes et maintes fois raccroché les wagons de l'espoir, après s'être presque résignée face à l'adversité en se disant qu'elle ne méritait pas mieux ou que tout du moins elle méritait ce qui lui arrivait, elle eut un choc, une gifle, un retour à la réalité, suivi d'une réflexion profonde qui l'a alors obligé à aller chercher en elle au plus profond.

Elle ne voulait plus être spectatrice de son cercle vicieux, il fallait qu'elle reprenne les rênes, qu'elle soit actrice de sa vie. Elle s'est donc rendue à l'évidence, difficilement mais humblement, puisqu'elle avait beau faire tous les efforts possibles et inimaginables, mais que malgré tout sa vie continuait d'être un mélodrame douloureux et violent, alors il fallait qu'elle s'occupe d'elle en priorité et qu'elle se libère de ses propres chaînes.

Elle a commencé par prendre conscience que son fonctionnement à elle déclenchait aussi une part de ce chaos, et qu'avant de vouloir changer l'autre ou vouloir contrôler les événements, ce qui était quasiment impossible, il fallait qu'elle prenne surtout le pouvoir sur elle-même et sur ses propres émotions et réactions. Elle voulait comprendre pourquoi et comment elle en était arrivée là, et cette fois faire travailler son mental à bon escient, pour aller vers le haut, pas pour se fatiguer inutilement et se perdre dans les méandres de ses pensées obscures, tout simplement s'offrir sa liberté.

Pascale s'interroge, elle recommence à lire de nouveau, sans arrêt, elle cherche, elle a passé plus de cinq ans à explorer des pistes, à apprendre des mots compliqués, à trouver des noms, à consulter des médecins. Et puis la synchronicité, un matin du 18 juin 2016, elle découvre un article sur le journal d'une amie. Elle passe un week-end entier à lire sur le sujet et à pleurer de soulagement. Non, elle n'était pas une extraterrestre, non, elle n'était pas bête, pas lente, pas une sous-merde, pas égoïste, pas froide, pas incapable et tous les autres jolis noms d'oiseaux ou insultes humiliantes qu'elle subissait au quotidien.

Les articles primaires décrivent des traits grossiers sur les personnes autistes Asperger, les spécialistes se plaisent à écrire de grandes lignes désobligeantes, qui ne font que caricaturer le phénomène d'ailleurs. Elle se retrouve plutôt dans les témoignages, les vécus de personnes comme elle, mais elle sent qu'il lui faut un diagnostic officiel, une preuve tangible qui puisse faire cesser ses doutes et ses jongleries émotives. Elle fait le tour de tous les tests du net, des témoignages et des articles et, à moins qu'il n'existe un nouveau trouble encore jamais connu qui puisse la définir, pour le moment elle n'a trouvé que le syndrome d'Asperger qui puisse coller complètement à ses questions et à ses décalages. Elle avait exploré une piste sur le HPI mais elle ne se trouve pas particulièrement brillante, quand elle commence un questionnaire au bout de dix minutes elle décroche, ça la gonfle et elle finit par répondre au hasard en se basant sur la chance comme à la roulette russe. Elle a du mal à se concentrer longtemps, surtout quand ça ne l'intéresse pas. Pourtant elle est hyper captivée quand elle doit faire quelque chose en lien avec un de ses sujets restreints.

Elle avait aussi pensé au TDAH au départ et beaucoup de points communs lui ont fait penser à ça mais elle n'est pas du tout hyperactive ; bien que l'on puisse être aussi TDA sans hyperactivité ; et les symptômes décrits ne lui convenaient pas forcément non plus. Un TDA aura du mal à s'organiser et se créer des routines ou un rythme, tandis qu'elle est dans la méthode, dans la mise en place de repères et d'algorithmes, elle n'oubliera jamais de se brosser les dents ou de se coiffer avant d'aller bosser car tout est planifié chez elle, tout doit être programmé, ça la rassure, il n'y a pas de place pour la surprise ou l'imprévu. Un TDA peut ressembler fortement à un aspie, surtout en ce qui concerne l'hypersensibilité et l'hyper-sensorialité. Par exemple, elle sera décrite comme impulsive ou prenant des risques inutiles sans réfléchir, tout le contraire de Pascale qui se trouve être dans le contrôle extrême et dans la vigilance, une vraie peureuse de tout, des bruits, de l'imprévu, des accidents, des surprises donc, bonnes comme mauvaises.

Ce matin-là, quand elle a découvert l'article sur le syndrome d'Asperger, elle est restée sans voix. C'était comme si elle se lisait elle-même, elle aurait pu écrire cet article mot pour mot.

Pascale n'a aucun sens de l'orientation, elle se perd tout le temps et, plusieurs fois, il lui est arrivé de paniquer et de devoir prendre sur elle, se préparer mentalement pour entrer dans une boulangerie, en pleurs, pour demander son chemin, comme une gamine de cinq ans.

Elle n'a pas les notions de volumes, de poids, de distance et de temps, donc elle se prend régulièrement les encadrements de portes dans les épaules ou elle se râpe contre les murs, elle se prend les tapis et les coins de meubles. On appelle ça de la dyspraxie. Tout lui échappe souvent des mains. Elle doit suivre scrupuleusement les recettes de cuisine car pour elle cent grammes ou cent millilitres, ça ne veut rien dire, elle ne visualise pas, elle n'arrive pas à quantifier.

Pascale arrive toujours trop en avance à ses rendez-vous, car la seule technique qu'elle a pu trouver pour ne pas être en retard, c'est de se lever plus tôt. Mais, du coup, soit elle arrive vraiment trop tôt et elle attend figée comme une quille, tout le monde croit qu'elle a dormi sur place, soit ça lui laisse le temps de se perdre, de pleurer, de demander son chemin à la boulangerie et donc d'arriver à l'heure mais fatiguée, transpirante et les yeux rouges. Le retard est une grosse angoisse pour elle, il veut dire ne pas être en règle, ne pas tenir sa promesse horaire, ne pas maîtriser son temps. C'est très important les règles, c'est ce qui cadre et qui a toujours cadré sa vie et qui lui permet de ne pas se perdre.

Elle ne regarde jamais la météo non plus car, pour elle, les températures ne veulent rien dire. Elle ne ressent pas les degrés par des chiffres, il lui faut tâter l'air, sentir le vent, reconnaître les couleurs du ciel, les signes des hirondelles. Pour elle, tout est une question de perception, de synchronisation, de dimensions et de ressentis.

Pour Pascale, ce n'est pas notre vie qui se trouve dans une autre dimension. Ce sont nos limites de perceptions qui sont ébréchées et donc, à certains moments de notre vie, on perçoit à travers ces failles des choses d'autres dimensions. Cela lui arrive quelquefois, et on pourrait dire qu'on ne se connaît jamais vraiment à cent pour cent puisque l'on grandit et que l'on apprend tous les jours. On change, on évolue, on mue, rien n'est figé. Et puis il y a aussi les événements bons ou mauvais qui ont un impact différent sur chacun de nous.

Pour Pascale, les pires moments lui ont permis de découvrir par réactivité où étaient ses forces et où étaient ses faiblesses. Et elle a été la première étonnée. Finalement, on ne se connaît jamais vraiment parce qu'on se met des limites. Ces limites permettent de définir un périmètre de connaissance de soi qui nous permet de nous situer et donc de nous sentir exister. Mais si on repousse ou qu'on annihile ces limites, on s'aperçoit que les possibilités d'être sont infinies. C'est à la fois grisant et effrayant parce qu'il y a une notion de se perdre, donc finalement de ne jamais se connaître totalement. Pas de limites, pas de connaissance de soi. Un peu comme le son, pas de relief, pas d'écho, pas de retour palpable, pourtant le son existe mais on ne l'entendra jamais.

44

9
Les rejets

Pascale n'aime pas les bruits et les contacts bruyants, flasques ou pâteux comme les bruits de bouches, de langues, de joues quand on se fait la bise, les petits bruits de mastication ou de déglutition. On appelle ça la mysophonie. Elle aime les couleurs pastelles, la lumière tamisée, l'aurore, le printemps et l'automne. Elle n'aime pas qu'on lui respire dessus ou la sensation de souffle de quelqu'un sur elle. Elle aime les hirondelles, les chats, les Amérindiens, les loutres, les plumes, le désert, les opales, les constellations.

Elle n'aime pas la sensation que son cœur fait quand elle a peur, ou qu'elle sursaute, par des bruits ou des images vives, elle les ressent comme une douleur, l'adrénaline est une souffrance pour elle. Elle aime le sucré salé, le croquant, les fruits secs, les bouillies, le porridge ou les flocons d'avoine. Elle n'aime pas les bestioles qui ont plus de quatre pattes, ça l'angoisse et surtout celles minuscules qu'on ne voit pas et qui grouillent partout sur vous, en vous et tout autour de vous. Elle aime l'art, le dessin, la psychologie, la réflexion, la méditation, la spiritualité, le développement personnel, les sciences parallèles, la physique quantique. Elle n'aime pas les lumières fortes, les couleurs vives, les odeurs non familières des autres, les odeurs de peau, de cuisine ou d'intérieur qu'elle ne connaît pas.

Elle aime les licornes, les fées, le fantastique, le féérique, l'irréel. Elle n'aime pas le risque, le danger, l'imprévu, les surprises inconfortables, les changements de dernière minute. Elle aime le silence, les chiffres ronds, les horizons, les musiques étranges, les bruits de l'eau qui ruisselle. Elle n'aime pas le crissement de la neige ou des pneus, les moustiques dans les oreilles, l'effet électrostatique sur sa peau ou ses cheveux.

Elle aime passionnément l'amour et la vibration sentimentale qui l'unissent à ceux qu'elle aime, en réalité elle aime tout le monde, elle aime l'humain d'un amour universel et inconditionnel.

Tout ce qui fait qui elle est devient maintenant un sujet de recherche, elle se décortique minutieusement pour faire le tri, pour savoir ce qui serait typique du syndrome et ce qui ne le serait pas, ce qui découle vraiment de ses tripes, de sa vraie nature profonde, et ce qui, au final, n'est que le résultat critique des impacts désastreux qu'elle a pu subir. Quand elle n'a pas la patate, c'est l'horreur, elle se trouve détestable. Elle se sent merdique, moche, seule, mal aimée, elle a comme une espèce de gros trou béant qui va de ses poumons à son estomac, elle ressent une putain de manque d'affection qui la ronge en dedans et elle s'insupporte d'être dans cet état. Comme si elle attendait encore de l'autre qu'il comble un vide en elle alors qu'il n'y est pour rien. « *Exige beaucoup de toi-même et attends peu des autres. Ainsi beaucoup d'ennuis te seront épargnés.* », Confucius disait vrai, ainsi nous ne sommes jamais déçus, tout ce que l'on donne sans attendre de retour on le reçoit finalement au centuple, mais quand Pascale se retrouve dans cet état elle n'a qu'une envie c'est qu'on la serre dans les bras et qu'on la rassure, émotion paradoxale et conflictuelle de son rejet de contact. Si elle avait pu prendre ce recul, si elle avait soigné sa dépendance affective à temps, elle n'aurait pas autant enduré et elle aurait pu se tourner, ou plutôt se détourner de ces afflictions.

Pourtant, ce qui peut sembler une épreuve est parfois un cadeau, une fois l'expérience acquise, c'est une facette de nous qui se dévoile et qui nous amène un peu plus loin dans l'acceptation de ce qui est et vers l'amour de soi.

10

Les failles

Après une lecture approfondie d'un tableau détaillant les différences entre HPI et Asperger, Pascale perçoit maintenant le sujet sous un autre angle. Elle a une vision moins étroite de la douance finalement, elle ne voyait pas les choses comme ça. Et elle finit par se demander si elle ne serait pas également HPI comme certains médecins avaient pu l'évoquer ? Sachant justement qu'une douance pourrait expliquer son adaptabilité et la possibilité que son cerveau ait pu pallier certains manques ou certains symptômes en créant des subterfuges, des connexions parallèles pour imiter certains traits et ainsi l'aider à se fondre dans la masse.

Bien que de prime abord elle rejetait l'idée en bloc, ne se sentant pas du tout plus intelligente que la moyenne, elle doit bien admettre que son profil ressemble à un éventuel HP sensoriel ou émotionnel, ce qui pouvait être aussi une explication enfin censée concernant certaines de ses réactions. Mais c'est apparemment un sujet à polémique puisque dans les connaissances scientifiques de ce milieu le côté émotionnel est fortement bousculé, voire ridiculisé.

Certains disent que le syndrome est différent chez les femmes et qu'elles ont une capacité de camouflage, autrement appelée technique du caméléon, tandis que d'autres tirent la couverture au HP uniquement intellectuel. Tout ceci est bien trop compliqué à gérer pour elle, Pascale ne préfère donc pas se positionner et finit par se mettre en retrait, il est surtout difficile pour elle de se rendre compte que même parmi les atypiques il existe des différences et des exclusions.

Pour aimer les chiffres, il faut qu'ils soient utiles. Il faut que ça puisse quantifier ou ordonner, pour autant, elle a toujours été très nulle en maths, enfin elle l'a toujours cru, et naturellement elle a opté pour une filière littéraire et artistique. Au collège, elle se souvient avoir eu un professeur de mathématiques, absolument génial, qui lui avait amené la compréhension de cette science d'une manière totalement différente de tout ce qu'elle avait pu apprendre jusque-là et elle avait terminé son année avec dix-huit sur vingt de moyenne. Mais malheureusement, ça n'a pas duré. Pour tout domaine qui ne lui parle pas, ou pour lequel elle n'a pas la méthode ludique ou adaptée à son fonctionnement, elle n'accroche pas du tout. Par contre, elle sait déchiffrer un diagramme textile, écrit en japonais ou encodé, en très peu de temps. Tout le paradoxe réside dans cette hétérogénéité.

Avant, elle faisait des listes et elle les perdait tout le temps ou elle les oubliait au fond de son sac. Elle se notait aussi des mémos qu'elle collait un peu partout, maintenant elle se fait des rappels réguliers sur son agenda. Les moyens modernes mis à sa disposition lui sauvent la vie au quotidien, ça a soulagé son entourage aussi qui n'en pouvait plus de devoir penser, organiser ou gérer à sa place, elle était comme une assistée, incapable de se débrouiller par elle-même, du moins c'est ce qu'on avait fini par lui faire croire en lui soufflant chaque jour que c'était le cas.

Si on lui demande quelque chose, il faut qu'elle le fasse de suite sinon elle oublie trente secondes après. Un vrai poisson rouge. Des fois elle commence quelque chose, elle va dans une autre pièce, elle voit un truc qui lui fait penser à un autre truc, elle s'en occupe, puis elle retourne dans l'autre pièce et elle se rappelle encore d'un truc, elle s'en occupe, puis elle voit le premier truc qu'elle avait commencé et elle se dit qu'elle doit le finir avant d'oublier, elle le termine, puis elle retourne au second truc qu'elle n'avait pas fini et enfin au troisième truc, le résultat c'est qu'elle fait trois milliards d'allers-retours pour rien et qu'elle a passé quarante-cinq minutes pour faire trois choses qui en méritaient à peine dix.

Au boulot elle est assez méthodique et organisée mais c'est son fonctionnement à elle, personne ne s'y retrouve car elle a des codes couleurs, des chiffres et des mnémotechniques de pure invention, des abréviations qui n'existent que dans son jargon et malheureusement elle n'a pas encore appris à appliquer ces méthodes dans sa vie privée par manque de temps et de place, elle a pu trouver ce rythme au travail parce qu'elle a su y trouver une certaine confiance et crédibilité mais en ce qui concerne sa vie personnelle en l'état, au quotidien, avec ses aléas et ses imprévus, c'est quasiment mission impossible.

11
La dépression

Après une dure période de déprime et de solitude, Pascale a fait sa première vraie crise d'angoisse. Elle avait dix-huit ans. Spasmes, manque d'air, sueurs froides, des heures de pleurs intenses alternées par des heures de béatitude au regard vide, elle ne sortait même plus de chez elle. Un matin, elle s'est décidée à aller voir un médecin. L'angoisse terrible de décrocher le téléphone s'est ajoutée au reste mais elle a pris l'annuaire et elle a choisi un nom au feeling, elle aime bien se fier à son ressenti, son instinct la trompe rarement. Elle a cherché alors pas très loin de sa rue pour qu'elle puisse vite rentrer chez elle au cas où et afin d'éviter de trop anticiper le trajet pour ne pas rajouter une angoisse par-dessus l'angoisse.

Elle est arrivée en bas de l'immeuble. Des petits escaliers tortueux en bois qui craquent à la parisienne. Et puis un grand bureau, immense, épuré et agencé façon Feng-shui. Elle s'est sentie rassurée par l'ordre et la propreté qui y régnaient. Il y avait des plantes et la lumière qui entrait par les persiennes à demi closes était douce et bienveillante. Et au milieu, un immense bureau en bois clair. Au centre, un tout petit médecin typé asiatique aux joues pleines et au regard chaleureux. Elle était en grosse difficulté financière et elle avait ramené son dernier chèque, le seul qu'il lui restait. Elle a commencé timidement à lui expliquer ce qui n'allait pas. Il ne l'a pas interrompu, elle n'a senti aucun jugement dans sa manière d'être ou de l'écouter. Alors elle a parlé de plus en plus, clairement et longuement, et puis elle a senti les larmes venir, elle se concentrait sur sa petite raie de côté et ses cheveux noirs bien lissés.

Elle s'est contenue comme elle le fait toujours quand elle a envie de pleurer, parce qu'on lui a toujours dit que pleurer c'est pour les faibles et qu'elle était vraiment faible car elle pleurait tout le temps. Mais c'était sa seule manière de s'exprimer ou plutôt de vider le trop-plein d'émotions non exprimées et mal gérées.

Et puis elle a eu le malheur de faire un focus, elle s'est vue-là, en train de pleurer devant un parfait inconnu, à lui déballer sa vie, comme on ouvrirait une tranche de steak sous cellophane, elle s'est sentie ridicule et elle a craqué, elle n'a plus rien contrôlé, elle a craqué la cellophane, elle a tout craqué et elle s'est retrouvé à pleurer à chaudes larmes, avec des hoquets et des renifles, la totale ! Quand elle a eu fini, mouchée et dérougie elle aurait tellement aimé qu'il lui dise : « *Ce n'est pas grave, vous êtes solide, vous savez pourquoi ? Parce que vous êtes encore là, debout, vous vous relevez toujours et dites-vous que si vous êtes ici, pas dans mon bureau mais ici, sur cette terre, c'est qu'il y a une raison, il y a toujours une raison !* ». En réalité, elle ne se rappelle absolument pas ce qu'il lui a dit, ni même de ce qu'elle venait de lui raconter. Elle se rappelle juste lui avoir souri, ça allait mieux, il lui avait sûrement sorti une belle phrase digne d'un proverbe, mais le plus important c'est qu'il l'avait écouté, pas juste entendu, il avait perçu son mal être, il lui a conseillé quelques plantes à prendre et une technique pour mieux respirer, mais il l'avait surtout comprise et rassurée, sans dédain ou rejet, et c'est juste ce dont elle avait besoin.

Elle est repartie légère mais perplexe, elle lui a serré la main et arrivée en bas de chez elle, en cherchant ses clés, elle a retrouvé le chèque vierge, une grande sueur froide l'a alors traversé. Elle était partie sans payer, il ne lui avait rien demandé, rien, il l'avait écouté gratuitement, il avait fait un boulot de psy alors qu'il était homéopathe, il avait pris une heure de son temps pour finalement ne rien recevoir d'elle qu'un gros vomi de mal être, et encore aujourd'hui elle se sent redevable parce qu'elle a enfreint une règle, elle a eu une dette, d'un chèque, un jour, quelque part. Elle n'a jamais osé retourner le voir, elle était trop angoissée et honteuse d'avoir parlé d'elle aussi ouvertement, d'être partie sans payer, honteuse de tout en fait, et en même temps elle lui est tellement reconnaissante.

12
La procrastination

Pascale procrastine beaucoup, surtout pour ce qu'elle aime le moins faire ou pour ce qu'elle trouve trop complexe et qui peut la décourager d'avance. Elle a aussi des périodes très fastes ou elle se sent l'âme d'une guerrière, elle s'y met à la dernière minute et elle réussit à finir quatre ou cinq tâches qu'elle avait laissé traîner en une seule journée. Et puis, après coup, elle s'enferme chez elle ou elle dort des heures pour récupérer car elle est épuisée.

Cette fois, c'est vraiment l'occasion rêvée pour elle de mettre par écrit son parcours. Elle a des choses à dire, des choses qui ont enfin un sens et un intérêt, en tous les cas pour elle et sans doute peut être pour son entourage proche qui n'a jamais compris qui elle était ou pourquoi elle était si particulière, ou étrange, ou qui peut être s'en veut pour certains actes manqués alors que de son côté elle a déjà fait la paix avec eux et avec elle-même, avec la vie tout court d'ailleurs. Le seul souci c'est que pour écrire, en l'occurrence un livre introspectif, elle ne sait pas comment procéder ni par où commencer.

Écrire c'est méthodique, elle doit s'organiser, établir une trame et même si on lui octroie ces qualités de planification c'est qu'on ne voit pas le côté caché de l'iceberg. Non pas qu'il lui faille des heures pour assimiler des méthodes précises d'organisation mais elle a toujours du mal à savoir par où démarrer. Ces méthodes-là elle les a tellement bien assimilées depuis son enfance qu'elles sont devenues automatiques. Mais comment faire pour aborder une nouvelle tâche sans méthode toute prête d'avance ?

Elle a besoin d'un mode d'emploi comme pour monter un meuble. Elle s'imagine bien qu'écrire un livre est complexe pour n'importe qui, mais finalement elle se dit que la meilleure chose à faire pour le terminer c'est de se faire un plan d'action et de se créer son propre guide. Elle a donc écrit par-ci par-là, dès qu'elle avait un souvenir qui remontait ou qu'elle se rappelait une odeur, d'une image, d'une sensation. Elle a écrit plusieurs billets, dans le désordre. Elle n'a pas voulu défaire ce côté un peu chaotique et spontané à la lecture, alors elle a regroupé tous les billets dans le même ordre où ils lui sont apparus, en espérant que le rendu serait quand même compréhensible un minimum.

13
La communication

Son père l'avait emmené avec lui à la caserne, elle avait quatre ans. Elle se rappelle quelques images comme la salle de jeux avec le babyfoot usé, l'aquarium géant et son néon en fin de vie qui clignote, le gros distributeur de boule de chewing-gums multicolores en fer rouge à l'ancienne sur le comptoir de la salle de repos. Elle se rappelle aussi le lit de camp en toile dans lequel elle dormait dans la couchette d'astreinte, raide et froide.

Ce soir-là, la sirène aiguë a retenti et son père s'est levé d'un bond en lui disant de se rendormir et qu'il allait revenir vite, pendant qu'il enfilait ses bottes il lui disait de ne pas bouger. Elle se bouchait les oreilles pour atténuer la douleur du bruit dans ses tympans et elle fermait fort les yeux pour ne pas voir la lumière rouge clignotante qui illuminait le plafond et qui lui donnait le tournis.

Au réfectoire le lendemain midi, en plein repas, elle est restée bloquée sur une affiche, une grande publicité au fond de la salle, c'était un dessin représentant un homme ivre avec trois verres de vin devant lui. Son goût pour le dessin a pris son sens ce jour-là, qui plus est le slogan lui est resté en tête depuis.

Comme elle savait lire maintenant tout y passait. Alors elle a gardé en mémoire le slogan : « *Un verre ça va, deux verres ça va, trois verres bonjour les dégâts* ». Ça l'avait interpellé et elle avait réfléchi longtemps avant de comprendre le sens réel, mais sur le moment elle avait aimé le fait de pouvoir faire passer un message à travers un dessin.

Un soir, quelques mois après, elle était invitée avec ses parents chez des amis. Elle se souvient qu'elle n'était pas à l'aise dans cet appartement il y faisait trop sombre et trop froid, elle avait un mauvais ressenti. Elle préférait rester dans la salle à manger. En début de repas, la nappe à hauteur de regard, elle a remarqué que la table était bien mise et qu'il y avait trois verres pour chaque personne. Elle s'est alors rappelé le slogan du dessinateur, après l'avoir répété plusieurs fois dans sa tête avant de l'exprimer car elle voulait que l'effet soit parfait, elle a attendu avec impatience le bon moment afin de goûter à ce que cela allait produire sur son auditoire. Et de sa petite voix timide, elle a récité son texte. Après un long silence perplexe, tout le monde s'est mis à rire.

Elle se rappelle la sensation de fierté qu'elle a éprouvée de pouvoir être reconnue socialement et en plus par des grands, une vraie interaction avec les autres. C'est à compter de ce jour-là qu'elle a commencé à apprendre des phrases toutes prêtes, des proverbes ou des slogans, pour les ressortir ensuite lors de repas ou d'événements sociaux, des phrases préfabriquées qu'elle sortait de son chapeau, ça faisait toujours son effet même si elle n'en comprenait pas toujours le sens et c'est ce jour-là aussi où elle a ressenti que le dessin était une porte, une issue de secours, une voie de communication quand elle n'avait pas les mots pour libérer sa parole et ses émotions.

Pascale a un rapport particulier à la musique aussi, issue d'une famille de musiciens, passionnés, parfois trop à son sens car on peut en devenir esclave. Elle s'est sentie exclue de leur monde parce qu'elle n'avait pas cette relation vitale avec leur passion alors qu'elle est plutôt portée sur les voix. Les timbres de voix et l'élocution la font vibrer.

Elle écoute des morceaux dédiés à chaque moment de sa vie, surtout des moments forts. Elle les a écoutés en boucle jusqu'à ce qu'elle digère le moment en question puis elle est passée à un autre morceau et ainsi de suite. Quand elle les entend par hasard à la radio, elle est parfois obligée de changer de station, surtout si c'était un mauvais moment car les émotions reviennent au galop et la submergent comme si c'était hier.

Mais son rapport à la musique reste toutefois léger, elle n'en a pas besoin tous les jours, elle s'en passe très bien, elle préfère le silence, les bruits d'eau qui ruissellent, le crépitement du feu ou le grésillement du diamant sur un vinyle. En tous cas, la musique ne la contrôle pas, c'est elle qui s'en sert, elle lui est utile, un moyen, un outil. Elle absorbe l'énergie du moment, comme si elle lui permettait de mieux gérer, comme de grosses éponges ou de gros nuages qui viendraient absorber ses émotions. La musique c'est du bruit ordonné et elle aime l'ordre.

14
Les sensations

Tu sais que tu es aspie quand, au restaurant, pendant que tout le monde parle et blague tu remets les couverts parallèlement à l'assiette quinze fois de suite, tu replies ta serviette, tu frottes tes mains à plat sur tes cuisses et tu bois une dizaine de petites gorgées d'eau entre chaque stéréotypie, tout en te raclant la gorge, pour calmer ton overdose de stimuli qui te font angoisser, hyper ventiler et limite tomber en malaise vagal.

Pascale n'aime pas les endroits confinés, étroits, sombres, il lui faut de l'air, de l'espace, des horizons, pour autant ces grands espaces lui font aussi peur car ils sont trop vastes, trop étourdissants, elle a besoin d'une attache et de se sentir enracinée. Petite, elle aimait bien être à l'étroit au bord de la table par exemple, limite collée à la chaise, pour dormir c'était pareil, elle aimait être bordée au carré, que les bords la retiennent.

Tu sais que tu es aspie quand lors d'une promenade au lieu de regarder la route tu fais un flouté sur un papillon ou sur un objet et sur le souvenir qu'il te renvoie, en particulier sur une scène que tu revis comme si tu y étais et puis soudain un coup de klaxon te sort de ta bulle.

Tu sais que tu es aspie quand conduire te fatigue énormément, par exemple tu ne peux pas mettre l'auto radio, les essuie-glace, le ventilo et le clignotant en même temps sinon tu paniques, tu as l'impression de jouer de la batterie dans une centrale nucléaire en alerte rouge et tu perds les pédales au sens propre comme au sens figuré.

Tu sais que tu es aspie quand tu te réveilles cinq fois par nuit parce que tu as chaud, parce que tu as froid, parce que tu entends une goutte qui fait flip flop dans le lavabo toutes les dix secondes et qu'un bord de la couette n'est pas parallèle au bord du lit et qu'il pèse donc plus lourd sur ton mollet gauche, ce qui te semble être cinq kilos de ouate, insupportablement déséquilibré, mais qu'au contraire tu ne supportes pas de dormir sans rien, même en pleine canicule, fenêtres ouvertes, il te faut un drap d'un minimum de poids qui puisse lester sur ton corps, sinon tu te sens nue, inexistante, non investie corporellement, et ça devient une source d'angoisse.

Tu sais que tu es aspie quand tu ne sais pas prendre un virage à pied au bout d'un couloir, que tu te cognes chaque jour, au même endroit, à la même épaule et que tu n'as toujours pas trouvé comment percevoir cet angle autrement qu'en investissant dans une paire d'épaulettes de joueur de hockey sur glace.

15
L'humour

Visiblement, d'après les recherches, un des traits du syndrome d'Asperger serait le manque d'humour, ou plutôt le déficit de compréhension du second degré.

Pascale a toujours eu beaucoup d'humour, c'est son enduit de rebouchage. Ce qu'elle ne saisit pas bien par contre c'est le but social qu'il peut y avoir à blaguer entre certaines personnes, à un moment donné et dans un contexte précis. Elle apprécie les jeux de mots, les contrepèteries, les chutes percutantes et le cynisme, mais surtout elle aime quand c'est réactif, quand on lui répond spontanément, comme une partie de ping-pong avec des jeux de mots à deux balles. En tous cas, elle s'en sert beaucoup pour masquer sa différence, elle cache ses vides, elle lisse ses failles, ça lui permet de mieux appréhender certains sujets, certaines peurs.

Elle a longtemps cru qu'elle était peureuse ou fragile. Elle avait peur de tout, du bruit des motos, des mouches, des touffes d'herbes qui piquent sur les mollets, du sable mouillé sur les doigts, des microbes, des maladies, d'être incomprise, d'être seule. En vérité, elle n'a pas peur d'être seule. Au contraire, elle aime la solitude mais partagée, le silence qui réunit. La solitude ne l'effraie pas, tant qu'elle n'est pas la dernière ; elle a peur de finir ses jours toute seule, de ne plus avoir personne à ses côtés pour lui serrer la main quand ce sera son dernier instant.

Une fois en cours de danse classique, elle avait cinq ans, elle devait répéter pour le spectacle d'une princesse car elle avait le rôle d'une petite souris. Le professeur de danse s'est alors avancé vers elle en lui montrant ce qu'elle devait faire, minaudant sur sa joue qu'elle se grattait les moustaches elle lui dit alors : « *À ton tour, refais comme moi* », et alors que Pascale s'approche de son professeur pour lui gratter sa joue au lieu de la sienne, toute la salle s'est mise à gronder de rires moqueurs.

C'était son premier choc de la non compréhension d'une interaction sociale, refaire comme elle c'était une évidence au premier degré, mais pas sur elle. Elle s'est sentie tellement honteuse, elle a commencé à prendre conscience qu'elle était différente et que quelque chose ne collait pas.

Encore une fois, elle a fondu en larmes. Ce n'est pas tant d'être incomprise pour ce qu'elle a à dire qui lui fait peur, mais plutôt de ne pas être acceptée pour qui elle est réellement, elle aurait encore se sentiment d'être rejetée, abandonnée juste parce qu'elle ne comprend pas de la même manière, sa logique est hors normes. C'est cette solitude-là surtout qui lui fait peur.

Et c'est en ça que l'humour la sauve, l'autodérision et le rire de soi allègent le poids de la peine, alors elle en use au point parfois de frôler la limite et de se dénigrer ou de paraître vulgaire.

Elle a cru longtemps être simple d'esprit, un peu bébête, un peu nouille et tous ces surnoms qu'on a pu lui coller durant des années. Mais elle s'est vite ravisée, à la fin de l'adolescence quand elle a commencé à lire de la physique quantique et que ça lui parlait. Elle a bien compris que ce n'était pas accessible à tous, elle pouvait être simple mais pas simplette. Autant des choses ultra compliquées pouvaient être à sa portée, autant des choses extrêmement simples lui paraissaient complexes.

Dans la pratique aussi, à part minutieusement respecter le temps de cuisson, elle n'a jamais réussi à faire cuire un œuf à la coque, encore moins un gratin, ou n'importe quel plat de plus de deux ingrédients. C'est toujours trop cuit ou pas assez, un peu trop salé ou pas assez, un peu comme elle, elle est entière, un peu trop ou pas assez. Avec Pascale, c'est soit tout noir, soit tout blanc, le gris n'existe pas dans le nuancier de ses émotions.

Plus jeune, elle avait du mal à faire des choix. Aujourd'hui, c'est parfois un peu long selon le domaine dans lequel elle doit se décider mais son côté binaire et entier l'a aussi énormément aidé. Elle applique à ses doutes un système binaire en se posant les questions primaires puis par élimination elle arrive à un choix auquel elle se tient toujours par droiture envers elle-même. Par contre, elle a beaucoup de mal à changer d'avis, comme si elle trahissait sa propre parole. Elle travaille actuellement sur cette rigidité et sur son besoin excessif de contrôle.

Elle vit socialement au feeling, le courant passe ou ne passe pas, elle accorde sa confiance à cent pour cent comme elle peut couper court d'un seul coup sans explications du jour au lendemain et vous rayer de sa vie, et cela paraît parfois incompréhensible aux yeux de la personne à qui elle avait accordé son amitié. Combien de gens avait-elle laissé au bord de la route, sans explications, pour la simple et bonne raison qu'à un moment donné elle s'est sentie étouffée, piégée, étroitement redevable socialement, ou simplement en danger et alors elle panique et finit par fuir lâchement. Sans compter les trahisons, les mensonges, les gens fourbes et inclassables, tellement flous niveau identité que là aussi elle préfère s'en éloigner le plus vite possible car elle sait qu'elle finira par y laisser des plumes et en souffrir.

16

Les crises

Elle compte les pages, réajuste les lignes et elle se rend compte qu'écrire est un travail fastidieux. Pascale sent la procrastination arriver. Elle aimerait tellement achever quelque chose sans l'oublier au fond d'un placard comme elle le fait toujours. Mais un livre c'est du boulot, c'est comme un enfant, on est en gestation, on doit être patient et attendre qu'il se développe et qu'il grandisse pour accoucher d'un beau résultat. Bon, pas sûre que la métaphore soit des plus poétique et elle n'est pas très patiente quand l'objectif final met en jeu son propre cheminement.

Elle se décourage très vite, depuis petite déjà, sa mère lui chantait souvent la chanson de l'ourson : « *On ne dit pas, je ne sais pas, je n'y arriverai pas, on dit je vais essayer et peut être que j'y arriverai* ». Ça n'empêchait pas les peurs, mais elle se la chante encore souvent pour se rassurer. Elle faisait souvent des crises de nerfs, ce n'était pas franchement tragique, enfin elle ne s'en rappelle pas vraiment, mais elle s'en souvient assez pour dire que sa mère a dû avoir les nerfs solidement accrochés pour palier à certaines de ses réactions, bien qu'elle était une enfant très sage et plutôt calme et introvertie, parfois elle faisait face à un surplus d'émotions qui lui faisait peur et c'était la crise, de nerfs, de larmes, d'angoisses.

C'est le dessin qui la calmait, des heures et des heures à dessiner et elle oubliait tout. Encore maintenant quand elle sent une crise arriver elle a toujours un crayon à portée de main, elle gribouille, elle croque, elle écrit.

Pascale était très dépendante de sa maman, non pas par dépendance affective mais par déficit d'indépendance dans le sens où n'étant pas capable de s'assumer par manque d'autonomie, elle s'accrochait à la personne qui comptait le plus affectivement pour elle et qui lui apportait alors une sécurité matérielle, affective et donc émotionnelle. Dès lors qu'elle a pu prendre un minimum confiance en elle, puis en son autonomie alors elle a cessé de dépendre de l'autre comme du nourrisson au sein de sa génitrice.

Sa maman était tellement désemparée face à certaines de ses colères, que Pascale avait droit à des douches froides, elle s'en souvient encore. Pour éviter ce genre de situation, elle anticipait car ça arrivait souvent aux mêmes heures, le soir au moment de la douche ou pendant les devoirs ou face à une difficulté quelconque. Mais c'était en amont pour éviter la crise. Si c'était trop tard, elle était punie dans sa chambre où on la laissait se calmer seule et réfléchir aux conséquences de ses actes.

Avec le recul, Pascale se rend compte qu'il n'y a pas vraiment de recettes miracles. Il faut être à l'écoute de son enfant, lui donner le droit d'exprimer sa colère et l'amener à s'extérioriser d'une manière plus douce et plus constructive.

Plus on va le contrer et pire ce sera. Le fait de le laisser seul n'est pas vraiment la bonne solution non plus. Elle sait que sa maman a fait comme elle a pu, on ne naît pas parent, on le devient. Toujours est-il que Pascale se sentait encore plus seule et incomprise face à ses crises de nerfs et de fatigue.

Un truc qui peut être efficace d'après elle, c'est de voir ce que l'enfant aime ou dans quel domaine il se sent bien et il pourra alors dévier ses colères dans cet exercice. S'il aime un sport ou un animal, elle se souvient de son adoration pour les chats ou les chevaux, alors il faut s'appuyer là-dessus. Elle avait fait une classe verte où elle devait s'occuper de poneys, les brosser la calmait beaucoup. Parfois, les crises sont soudaines et incompréhensibles. Il faut aussi être là après car c'est très fatigant. En général, elle n'arrêtait pas de pleurer puis, tellement vidée, elle finissait par s'endormir.

Vers l'adolescence, Pascale avait enfin réussi à canaliser sa nervosité, c'est vraiment le dessin qui l'a accompagné. C'était son monde, sa bulle, son refuge. Les chats ont aussi été une grande source d'affection et d'apaisement pour elle. En fait, il faut créer un lien comme une sorte de corde solide à laquelle l'enfant va pouvoir se raccrocher dès qu'il sent qu'il commence à se noyer nerveusement.

C'est comme une cocotte-minute. La vapeur sous pression est semblable au trop-plein d'émotions non gérées ou refoulées qu'il a cumulées et qu'il n'arrive pas à exprimer. Si on le laisse, il explose mais on devra faire face aux dommages collatéraux. Si on ouvre la cocotte d'un coup et que l'on y va frontalement, pas sûre que l'on n'en sorte indemne non plus et émotionnellement ça peut créer des brèches. Donc on doit être comme le curseur sur le couvercle qui permet de canaliser la vapeur pour qu'elle s'échappe doucement et transmettre ensuite à l'enfant les méthodes testées qui ont fonctionné pour qu'il puisse mieux se connaître, appréhender ses propres crises et actionner son petit curseur intérieur.

Un après-midi, Pascale avait cinq ans, elle était descendue jouer seule dans la cour de l'immeuble, elle y allait rarement car elle avait peur quand elle était loin de sa mère. Pourtant cette fois, faisant preuve de bravoure, elle a empoigné son poupon et elle est allée faire du toboggan. Arrivée en bas elle l'a déposé sur le rebord d'un muret et elle est partie jouer, puis au loin elle s'est aperçu que son poupon avait glissé face contre terre, ayant horreur de la saleté elle se mit à courir pour le ramasser, mais elle fut prise d'une énorme frayeur, il était envahie de fourmis, les yeux, le nez, la bouche, elles grouillaient de partout comme en terrain conquis, elle s'est mise à hurler et a couru chercher ma mère en pleurs, elle a remonté les escaliers, mais elle était tellement paniquée qu'une fois arrivée au dernier étage alors qu'elle vivait au quatrième, elle se rendit compte qu'il y avait de grandes plantes vertes et un velux très lumineux, rien à voir avec son étage, elle était perdue.

La crise d'angoisse est arrivée, elle ne reconnaissait plus les lieux, prise de panique, elle tentait de reprendre ses esprits mais elle commençait à tétaniser. Finalement, ayant mis plus d'une demi-heure à se canaliser, elle a fini par y aller calmement, descendant les étages un à un jusqu'à reconnaître sa porte d'entrée. En pleurs, tapant à la porte, il a fallu alors que sa mère reste ferme et qu'elle l'accompagne pour aller rechercher son poupon et qu'elle puisse l'aider à vaincre sa peur, mais pour elle c'était pire que tout, une vraie première crise d'angoisse.

Pascale est une vraie éponge, elle absorbe tout, négatif ou positif, elle digère ses émotions dans sa bulle pour en vider le trop plein, quand c'est positif en général c'est moteur de créativité chez elle et quand c'est négatif elle finit par pleurer, c'est sa seule soupape pour évacuer et laver les émotions mal absorbées, ensuite elle dort beaucoup et le lendemain elle est de nouveau apte au combat et à jeun d'émotions.

La créativité chez elle est cyclique. Le temps, les saisons, les humeurs, c'est comme si tout devait être synchronisé pour que ça marche. Parfois, elle a du temps mais pas d'inspiration, ou pas le moral, parfois elle fuse d'idées mais elle n'a pas le temps, et puis parfois tout se donne rendez-vous et c'est l'explosion créative. L'inconvénient de ce fonctionnement, maintenant qu'elle est maman, avec le boulot et la vie privée, c'est qu'elle se trouve souvent en sevrage forcé. Ces moments-là se font rares et lui provoquent alors un manque. Elle a beaucoup de mal à s'arrêter quand elle est en plein projet et que soudainement elle est contrainte ou interrompue par les sollicitations du quotidien, ça la frustre et amplifie ses troubles.

Tu sais que tu es aspie quand tu essaies de te dépêcher pour ne pas être en retard, que plus tu essaies de faire vite et moins ça va vite et que finalement tout t'échappe des mains et que tu te mets à pleurer de nerfs.

Tu sais que tu es aspie quand tu es seule chez toi, que tu n'attends personne et que d'un coup quelqu'un sonne à la porte, que tu fais un arrêt cardiaque mental, que tu sautes sur la pointe des pieds pour aller voir qui sonne sans faire de bruit au travers de l'œil de bœuf, et que pendant ce temps-là ton cerveau se fait vingt-cinq scénarios de thrillers différents, que tu coupes ta respiration pour faire la morte et surtout ne pas avoir à ouvrir en restant collée derrière la porte.

Tu sais que tu es aspie quand le téléphone sonne dix fois, que tu ne décroches pas, en stress, coupable, et que finalement quand tu croises l'auteur de l'appel tu fais une pirouette pour garder la face et ne pas avoir à lui expliquer que quand on t'appelle sans avoir prévenue au préalable et bien tu paniques, c'est une réaction involontaire, sans explications logiques, c'est juste trop soudain, trop intrusif, pas assez anticipé.

17
Les focus

Il lui arrive de temps en temps de faire ce qu'elle appelle des focus et d'un coup de se sentir en retrait d'une situation, presque extérieure à elle-même, et se dire alors « *Mais qu'est-ce que je fous là ? »*. Pascale commence alors à paniquer, angoisser, hyperventiler et elle doit vite prendre l'air ou trouver des prises de contact pour se sentir présente, elle se presse les mains, elle fait craquer ses doigts, elle frotte ses paumes, toute une série de stéréotypies peu visibles et qu'elle essaie de camoufler mais qui l'aide à se calmer.

Une fois, elle était invitée à une soirée, elle y est allée mais à reculons car, avec la fatigue cumulée, elle savait que ce serait difficile à gérer et, avec son verre de jus d'orange à la main, elle a tenté de s'insérer dans un groupe de discussion histoire de ne pas passer pour la gourde de service seule dans son coin. C'était une conversation banale mais elle n'arrivait pas à accrocher. Elle tentait de sortir des petits : « *Oui, OK, c'est vrai, en effet, ah ah, ah* », et d'un coup, le focus est arrivé.

Elle s'est sentie partir comme si elle sortait de son corps, elle entendait leurs voix, leurs rires, la musique, les bruits, et elle ne s'est plus sentie du tout à sa place. Elle a commencé à paniquer. Elle tremblait, elle avait des sueurs froides, cet état pour elle est vraiment flippant, c'est comme une overdose sociale, une sorte de burnout inversé. Elle se sent comme dans un mauvais trip et elle n'a qu'une envie c'est rentrer chez elle en courant et se mettre en boule dans son lit. C'est différent de l'effet bulle qui lui est plutôt apaisant, elle ne le subit pas comme le focus. Elle ne le contrôle pas non plus mais elle l'enveloppe doucement pour justement la calmer ou la recentrer. Le souci c'est que lorsqu'elle est trop fatiguée ou trop stimulée cette bulle laisse place instantanément au focus. C'est quand même rare mais elle aimerait bien se débarrasser de cette foutue panique quand elle débarque. En fait, elle a peur de ne pas pouvoir revenir, de rester bloquée dans cette espèce de brouillard. Peur de ne plus rien gérer. Son besoin de tout maîtriser est directement lié à cette peur.

D'ailleurs, elle fait tout elle-même, elle ne délègue jamais, tout est cadré, organisé, par peur du chaos ou de l'imprévu. En fait, c'est comme une petite mort à chaque fois. Comme si son cerveau ne maîtrisait plus son corps et ça, c'est juste terrifiant pour elle. Elle doit pouvoir garder le contrôle.

18
Le diagnostic

Les personnes autistes Asperger ne manquent pas d'empathie, elles ont un déficit de compréhension et d'expression empathique. Bien que Pascale n'a pas la prétention d'être capable d'établir son propre diagnostique, elle se sent blessée que l'on puisse faire ce raccourci.

Elle fuit tous types de conflits, disputes ou cris, en direct ou au téléphone, elle les fuit comme la peste. Ça l'effraie. Même quand elle n'est pas le sujet de discorde, ça l'angoisse terriblement. C'est une forme de violence pour elle et ça la fait vite monter en stress, limite paniquer, pas tant pour le conflit en lui-même mais plutôt par rapport à ce que ça réveille en elle, et elle finit par avoir peur d'elle-même et de ses réactions.

Pascale a eu un parcours scolaire correct, bien qu'en avance au primaire elle a ensuite gardé le même rythme au collège et au lycée sans trop de soucis. Ensuite, elle s'est arrêtée. Elle aurait pu aller plus loin si elle avait pu, mais elle n'a pas réussi. Mis à part ses soucis personnels, cet échec est surtout lié au principe trop autonome de la fac. Pour elle, il y a trop de gens, trop de grandes salles, trop de bruits et surtout un système incompréhensible en termes d'organisation, de gestion administrative, et encore aujourd'hui elle ne comprend pas comment fonctionne une université. C'est comme une fourmilière mais sans règles précises et sans hiérarchie. Elle était paumée sur tous les plans, et alors elle a fini par lâcher ses études pour aller bosser.

Pascale est totalement d'accord avec Bernard Voizot dans « *Le développement de l'intelligence chez l'enfant* », lorsqu'il parle des tests de QI chez l'enfant et qu'il dit : « *Déterminer d'une manière rigide son avenir à partir d'un chiffre de QI, c'est, d'une certaine manière, le figer et l'empêcher de modifier son adaptation au monde* ». Et c'est ce qui la freine parfois dans sa course au diagnostic officiel, ou plutôt son parcours du combattant. La procédure est longue et fastidieuse, pour les adultes rien n'est vraiment mis en place pour faciliter l'accès au diagnostic. Mais en même temps, si elle se projette en arrière, si du temps où on ne savait pas encore toutes ces choses sur le syndrome, si par exemple sa mère avait pu l'emmener chez un spécialiste, si le diagnostic avait été établi à ce moment-là, serait-elle devenue qui elle est aujourd'hui ? Ne se serait-elle pas perdue en route ?

Elle aurait été cataloguée, mise dans une case, bordée par des critères médicaux qui l'auraient limité, contrainte, elle n'aurait sûrement pas pu développer ses aptitudes, ses facultés à détourner, ou contourner, ou absorber les symptômes inhérents au syndrome.

Ne pas savoir c'est parfois salvateur, elle ne généralise pas, elle parle juste de son cas précisément, et elle parle au conditionnel aussi, car aujourd'hui, maintenant qu'elle est capable, qu'elle domine certains de ses troubles, qu'elle assume mieux qui elle est, avec ses failles, ses déficits, ses crises, et bien elle veut tout de même savoir. Ça devient vital, pas pour les autres, pas pour se venger, pas pour l'effet de mode comme on l'entend de plus en plus. Mais c'est pour elle, pour se sentir légitime, pour se rassurer et mettre un point final à sa quête du moi, pour pouvoir aussi en parler sans se sentir déguisée, à jouer un rôle ou à endosser un costume qui n'est pas le sien comme une usurpatrice.

On apprend toujours de soi-même, des autres, de la vie, on n'arrête pas de grandir, mais ce chapitre-là elle doit le clore, elle veut ouvrir un nouveau volet qui lui soit plus fidèle, moins trompeur, moins étouffant, pouvoir aller au-delà de ses limites ou des limites qu'on a cru pouvoir lui imposer tout en respectant aussi certains seuils quand elle ne s'en sentira pas capable, sans se forcer, sans sur-jouer, sans avoir peur du jugement des autres. Aspie ou pas, c'est ce qu'on attend tous de la vie, être soi-même et se sentir accepté pour soi, sans masque.

19
La naïveté

On a souvent blâmé Pascale en lui disant qu'elle était trop naïve, chaque fois qu'elle tentait de sociabiliser un peu elle finissait par morfler. On pouvait lui mentir, la trahir, la manipuler facilement. Avec l'âge elle a appris de ses erreurs et maintenant elle voit venir de loin et instinctivement les personnes toxiques. Mais ça n'empêche pas les erreurs de casting comme ceux qui sont plus rusés que la norme et ceux qui arrivent à la bercer d'illusions. Et alors elle tombe dans le panneau, bêtement, et elle finit par en souffrir.

Elle attache tellement d'importance à l'honnêteté. La droiture est sa ligne de conduite et ça lui paraît tellement normal pour elle que c'est presque une évidence générale. Elle ne peut pas concevoir qu'un être ne soit pas droit. Qu'il y ait des personnes mal intentionnées ou fourbes. Et quand le masque tombe, elle est chaque fois désemparée, elle tombe de haut, son monde s'écroule.

C'est un extrême de sa personne et alors elle peut basculer dans l'extrême inverse, peu importe la gravité de l'acte, l'importance de la trahison en elle-même, elle peut rayer de sa vie entière la personne coupable, amie de longue date ou connaissance récente, c'est comme un coup de gomme irréversible. Comme si elle n'avait jamais existé à ses yeux, elle peut alors devenir la plus méprisante qui soit, intransigeante, tranchante, parfois même jusqu'à endormir ses propres sentiments pour ne plus se laisser avoir.

En voiture, elle ne se sent pas bien du tout si ce n'est pas elle qui conduit et surtout si elle est à l'arrière. Elle se sent mal aussi en car de transport ou dans le bus. En avion au décollage et à l'atterrissage, la pression lui fait mal aux oreilles et lui crée une sorte d'étouffement, une pression thoracique et crânienne qui lui donne presque le tournis. En bateau, il faut qu'elle soit dans le sens du trajet et qu'elle voie le paysage devant elle. Elle ne sait pas si le mal des transports est un symptôme du syndrome. Elle ne veut pas prétendre que ça en soit un et elle ne veut pas non plus prétendre en être atteinte pour le moment, mais les faits sont là, les transports sont un vrai handicap pour elle.

Bien que l'élément moteur de son envie d'écrire soit le syndrome d'Asperger, elle a du mal à se positionner et, tant qu'elle n'aura pas un diagnostic fiable écrit noir sur blanc, elle refuse de se mettre dans la peau d'une autiste, elle ne se sentira pas plus légitime, elle a donc besoin d'expliquer qui elle est en long, en large et en travers, elle s'auto analyse, elle se décortique.

Difficile à comprendre peut-être pour ceux qui la voient de l'extérieur ? C'est comme si vous aviez été adopté, vos parents adoptifs vous ont rendus heureux, vous avez eu une belle vie, tout pour être bien, vous avez su vivre avec cet état de fait, trouvé des parades aux manques éventuels que vous avez pu ressentir, pour autant, arrivé à l'âge adulte vous voulez aller plus loin et savoir d'où vous venez réellement. Pas pour renier tous ceux qui ont cru en vous et qui ont été là, et pas pour vous venger non plus du sort que la vie vous a réservé et de ceux qui au contraire vous ont bousculé ou méprisé, mais juste pour vous sentir le droit d'être et de comprendre qui vous êtes vraiment.

Il n'existe pas un mot plus cohérent pour décrire ce que ce diagnostic représente pour elle, la légitimité. Elle espère juste pouvoir y arriver, avoir le courage et la ténacité d'aller jusqu'au bout. Et alors peu importe le résultat, savoir si elle le dévoile ou pas aux autres, il sera d'abord pour elle, elle le gardera égoïstement quelques jours, rien qu'à elle, pour renflouer ce vide, ce petit morceau d'elle qui manquait à l'appel, elle se laissera le temps de le digérer pour ensuite pouvoir s'exprimer pleinement, digérer et pardonner qui elle avait pu être, assumer qui elle était et qui elle avait réellement envie de devenir.

20

Les costumes

Elle a toujours vécu avec cette pièce manquante et ces interrogations. Qui était-elle vraiment ? Quel était son but sur cette terre ? Elle était en faux self jusqu'à l'adolescence. Ses différences ne convenaient pas à son entourage et elle a été contrainte d'obéir aux ordres ou aux conventions, à entrer de force dans le moule. Donc inconsciemment elle s'est créé un faux self de la petite fille sage et parfaite qui dit amen à tout, qui ne bouge pas, qui ne parle pas, soumise et introvertie. Mais ce n'était pas vraiment elle.

Elle n'en avait pas conscience jusqu'à ce qu'elle explose à l'adolescence et qu'elle se rende compte qu'on l'avait formaté parce que ses différences ne plaisaient pas ou faisaient honte ou simplement parce qu'on ne la prenait pas au sérieux. On a renié son vrai moi alors finalement elle l'a renié aussi.

Quand elle dévisageait les gens ou qu'elle répondait, on lui mettait des claques derrière la tête en lui disant que c'était mal poli ou insolent. Elle refusait de faire la bise ou de se laisser prendre dans les bras mais on la forçait quand même. Quand elle ne répondait pas aux questions et qu'elle restait muette, on la secouait ou on lui criait dessus « *On t'a coupé la langue ?* *Réponds quand on te parle* ». Alors elle finissait par pleurer, elle ne savait évacuer que de cette manière. Son mal être s'amplifiait et elle finit par courber le dos et adopter ce faux self merdique pour avoir la paix. Elle était inerte, molle, elle a fini par se laisser faire, elle répondait oui ou non aux questions pour esquiver les brimades, elle baissait les yeux et regardait ses pieds, une vraie poupée de chiffon. Une sorte de façade conventionnelle pour leurrer ses interlocuteurs et acheter sa tranquillité et puis au final se réfugier dans le dessin ou dans les ronronnements de son chat, s'isoler dans sa bulle.

Elle pouvait rester des heures devant son assiette, elle n'arrivait pas à manger la viande, elle la mastiquait encore et encore, jusqu'à en faire des boules sèches qui s'effritaient. Elle pleurait en mâchant, tout le monde était sorti de table et elle y était encore, avec ses haut-le-cœur et sa mâchoire qui tirait à force de mâcher. On la forçait à terminer son plat, en lui disant qu'elle était trop maigre, bizarre, têtue et insolente. Elle n'a pas fait le lien de suite entre son faux self et les autres. Elle pensait être la seule coupable, de s'être laissé faire, de ne pas avoir pris le dessus, ne pas avoir réussi à s'affirmer.

Alors quand elle est entrée dans l'adolescence et qu'elle a pris le taureau par les cornes, elle a fini par faire tout le contraire. Elle s'est inventé un costume par-dessus son faux self. Elle a cru que c'était vraiment elle cette fois et qu'elle s'était enfin trouvée, pour sortir d'un extrême il faut toujours passer par l'extrême inverse et ensuite seulement on trouve un équilibre. Elle est passée de la petite fille sage à la rebelle gothico-punk. Elle faisait tout pour être repoussante, pour être excentrique, pour être à la fois remarquée mais crainte et au final qu'on lui foute la paix, qu'on ne lui parle plus. Toujours habillée en noir, elle était une ombre. C'est une période de sa vie qui ne mérite pas vraiment qu'on s'étale mais qui était nécessaire et qui lui a permis de se trouver, il fallait qu'elle passe par là pour mieux se connaître.

Pascale sentait malgré tout que ce costume n'était toujours pas le sien, encore un faux self qu'elle s'imposait car elle avait peur de se perdre, elle ne se connaissait finalement pas, à force de s'être effacée, elle avait fini par s'oublier elle-même. Elle a donc vécu les choses qui lui permettaient de dépasser ses limites, de savoir jusqu'où elle pouvait aller et quels étaient vraiment ses ressentis, ses objectifs, ses valeurs. Finalement connaître les extrêmes, mélanger du noir et blanc pour obtenir du gris. Doser, équilibrer, trouver le juste milieu, ce qu'elle ne savait pas faire d'une manière innée, du fait de son caractère entier.

Reste à savoir si ces choses-là sont bien inhérentes au syndrome ou si elles sont juste absentes de son disque dur. C'est pour ça aussi qu'elle veut consulter, qu'elle veut échanger avec les spécialistes, savoir si elle est juste réactive par son vécu ou si elle est juste incapable de nuances de par sa génétique.

21
Les phobies

Tu sais que tu es aspie quand, en pleine lecture, tu fais un focus auditif, sur un bruit irritant du tic-tac d'une montre ou d'un vrombissement de machine à laver, et que tu lis la même phrase encore et encore sans jamais la comprendre.

Tu sais que tu es aspie quand tu as un rendez-vous et que dès le réveil tu ne penses plus qu'à ça, que tu tournes en rond comme un lion en cage, la boule au ventre, les frissons dans le dos, jusqu'à partir vingt minutes plus tôt pour être sûre d'être bien à l'heure et que toute la journée a été improductive tellement tu étais angoissée par ça.

Tu sais que tu es aspie quand tu es sollicitée toutes les dix minutes, que tu n'as tellement pas envie de parler que même respirer devient ton minimum vital, que ton acouphène prend tellement de place que tu n'entends plus que ça, que tu ne supportes plus rien, ni lumière, ni bruit, ni personne, que tu sens la tension monter comme si tu allais exploser d'un coup, devenir verte et gigantesque et déchirer tes vêtements.

Pascale a commencé à jouer à ce jeu du « *Tu sais que...* » dans un groupe relatant le syndrome d'Asperger. Elle avait besoin d'en savoir plus sur le syndrome alors elle s'est inscrite sans grande conviction, juste par soif de savoir. Elle a lu les témoignages, les questionnements d'autres personnes comme elle, et elle s'est sentie soulagée, apaisée de voir qu'elle n'était pas la seule à vivre ou à réagir de manière inappropriée.

Certains de ses écrits sont d'ailleurs les rebonds de certains passages du groupe, des incompréhensions qu'elle avait et qu'elle s'est surprise à dévoiler parmi eux. Parfois, même elle en a souri, parfois aussi certains de leurs commentaires lui ont ravivé la mémoire, c'est incroyable de constater à quel point le cerveau peut occulter un fait, un événement, il est toujours là dans un coin de votre tête mais vous n'êtes jamais allée le chercher, comme le fond d'un étang qu'on n'oserait pas aller remuer pour éviter que la vase remonte.

Pascale n'a aucune autorité. C'est à l'antipode de qui elle est. Par contre, elle obtient souvent le respect par sa droiture et son engagement. Mais il faut du temps pour cela donc quand il s'agit de réprimander une action sur le vif elle laisse les autres s'en charger. Elle est, soit à côté de la plaque, soit trop virulente ou laxiste. Elle a beaucoup de rigidité sur les horaires aussi, sur les principes, sur les bonnes manières alimentaires, et ce qui pourrait être sain et de bon conseil devient vite de la tyrannie, alors elle s'abstient, elle a au moins l'humilité de se dire que ce n'est pas dans ses cordes.

Quand elle a le feeling, que le contact passe bien et qu'elle sent d'instinct que son interlocuteur et elle sont portés sur les mêmes intérêts, elle parle beaucoup, parfois trop même. Avant elle ne voyait même pas la limite de dire ou ne pas dire certaines choses et surtout à qui ?

Et maintenant qu'elle perçoit cette gêne, elle se sent coupable d'en avoir trop dit à certaines personnes. Ça la fait presque se sentir prisonnière de ce qu'elles savent. Parfois, même elle coupe les ponts quand elle voit qu'elle a trop déballé et qu'elles doivent la prendre pour une folle. Heureusement qu'elle ne détaille pas non plus sa vie à n'importe qui et n'importe où, mais elle essaie de se contenir quand même et ne pas de suite être dans la confiance extrême.

22

L'oxy-gêne

Chaque jour qui passe est un nouveau chapitre à écrire, Pascale s'est fixé des nombres, des délais, une trentaine de chapitres serait suffisant peut-être, ou bien partir trente-cinq chapitres comme l'âge où elle a découvert ce qu'était le syndrome, elle aime bien donner un sens aux chiffres, peut-être aussi partir sur trois cent soixante-cinq pages, une page par jour, pour une année de vie ?

Elle est tombée sur un article du blog de « *L'Autistoïde* », où elle parle de la phobie sociale qui peut parfois être confondue avec les symptômes du syndrome d'Asperger. Elle cite : « *Parce que je suis sensible au manque d'oxygène dans un espace clos, et que plus il y a de monde, plus l'air s'appauvrit, pue, devient irrespirable.* » et ça résonne en elle comme un écho, en dehors des endroits fréquentés ou lors d'événements sociaux, les endroits confinés ou étroits l'ont toujours fait suffoquer, mais elle n'en a réellement pris conscience qu'il y a quelques années. Le pire est en voiture quand il y a du monde, elle doit toujours ouvrir un minimum la fenêtre sinon elle a cette sensation de manque d'air terrible qui l'envahit, et même la fenêtre ouverte, elle finit par avoir des palpitations, des sueurs, des souffles profonds et elle commence à hyperventiler et avoir des vertiges, son seul moyen de compensation est le mutisme.

Nombre de médecins lui ont dit qu'il s'agissait d'angoisse ou de claustrophobie, qu'elle devait aller voir un psy, mais aucun ne l'a cru quand elle disait que tout allait bien dans sa vie, qu'elle n'avait aucune raison psychologique d'être angoissée, que ces passages-là se passaient seulement en voiture, et surtout quand ce n'était pas elle qui conduisait. Elle aurait pu les croire, mais elle s'est attachée à toujours comprendre et avoir des preuves tangibles à ce qu'on lui annonce, ces crises-là auraient donc dû se poursuivre aussi en dehors, dans les ascenseurs ou dans la vie quotidienne.

On lui a aussi parlé d'agoraphobie, donc de phobie sociale, mais il est impossible que ce soit lié à cela car elle aime communiquer avec les gens, elle aime profondément échanger avec eux, écouter leur histoire, parler de sujets passionnants, refaire le monde, elle est juste socialement sélective, le contact passe ou pas, et ses angoisses ne sont pas mentales mais bien physiques, réelles, douloureuses, elles ne sont pas déclenchées par les personnes en particuliers mais par des sensations ou des contacts, visuels, auditifs, olfactifs, comme si ses sens exacerbés étaient trop sollicités. Elle peut gérer quand il s'agit d'un échange avec une ou deux personnes, prendre sur elle, se concentrer sur la conversation et le moment présent, mais quand il y a foule, elle ne craint pas la masse de gens, elle ne supporte juste pas les odeurs, les bruits, les couleurs trop vives, les bousculades, le manque d'air ou le partage d'oxygène qu'elle considère comme insuffisant si on calcule le nombre de personnes au mètre carré d'une pièce par la quantité d'oxygène disponible et pas forcément bien alimentée ou aérée.

Elle peut garder son verre à la main, même une fois vide, pendant toute une soirée entière, juste pour avoir le contact d'un objet qui la fait sentir présente et concentrer son attention dessus afin d'occulter les stimuli perturbateurs extérieurs. Ce contact matériel, elle en a besoin régulièrement, pour se sentir présente, vivante, rester incarnée et éviter le focus.

23
Les mots

Tu sais que tu es Aspie quand tu regardes une vidéo d'un sauvetage de petit chat avec des amies, qu'elles sont toutes en train de s'exclamer avec des : « *Ah ! Oh ! Le pauvre ! Oh non !* », pendant que toi tu ne décroches pas un mot, tu ne lèves pas un sourcil, mais que tu es en apnée tout le long et qu'en fin de vidéo, d'un coup, tu reprends ton souffle discrètement pour que personne ne te prenne pour une ahurie.

Pascale veut tout comprendre, tout savoir. Avant de faire un choix ou d'avoir un avis, elle trouve ça évident qu'il faille tout connaître dans les moindres détails. Si elle achète un magazine qui lui plaît, elle ne peut pas se contenter de le feuilleter. Elle lit absolument tout, même les petits astérisques, les noms de l'équipe de rédaction, les petits encarts, etc. Elle n'a jamais compris pourquoi elle faisait ça mais elle comprenait encore moins pourquoi avec tout ce qu'elle emmagasinait comme informations elle ne retenait finalement pas grand-chose, du moins c'est ce qu'elle pensait. En réalité, on retient sans s'en rendre compte et parfois même émotionnellement on absorbe beaucoup.

Elle s'intéresse à la médecine naturelle et aux plantes. Elle a lu un nombre incalculable de bouquins sur le sujet. Et parfois quand elle échange avec les autres il lui est impossible de répondre correctement. Là où on irait lui sortir les termes exacts et le nom du livre, de l'auteur ou de l'année d'édition, elle est incapable de dire comment elle sait sans pouvoir citer ses sources et, comme ils ont raison de son silence, ça finit par couper court parce qu'elle sait qu'elle sait, mais comme elle ne peut l'expliquer elle passe soit pour une menteuse, soit pour celle qui ne sait pas, une inculte, une idiote ou une prétentieuse.

C'est d'ailleurs pour ça qu'elle participe peu aux conversations un peu trop techniques ou poussées. Outre le fait que ça fatigue cognitivement. Elle a peur donc qu'on lui demande son avis mais qu'elle soit incapable de l'expliquer ou de le défendre, ses seuls arguments étant purement sensoriels ou émotionnels.

Le pire c'est de savoir et de sentir venir les symptômes mais qu'il lui soit impossible de les contrôler. Elle s'est torturé l'esprit des centaines de fois quand elle n'arrivait pas à se contenir, à essayer de comprendre pourquoi elle n'arrivait pas à changer ça. D'autant que sa mémoire est visuelle. Les cartes heuristiques sont bien pour ça mais cela lui demande beaucoup de temps et de réflexion car elle doit visualiser et refaire le trajet visuel mémorisé. Le bémol c'est que lors d'une conversation lambda ou une dispute ça va beaucoup trop vite, elle n'a pas le temps de remonter jusque-là pour solidifier ses arguments.

Elle reste donc muette face au clash impalpable de son apparente ignorance. Alors elle écrit. L'écriture aussi est un de ses sujets restreints. Plus jeune elle avait un journal intime, toutes les filles en avaient un, mais finalement elle s'est trouvée vide de mots quand elle a ouvert la première page, alors elle a fini par y dessiner et vraiment s'y libérer à sa façon, ce sont devenus des carnets intimes de croquis, de collages et de mots.

Pascale a aussi écrit des lettres et des textes, mais les trois quarts ont été brûlés, certains mots sont comme les fleurs rares d'un jardin secret. C'est finalement en elle qu'elle a la sûreté de trésors bien gardés. Trop parler c'est se dissoudre. Perdre ses mots c'est disparaître. Il faut trouver l'équilibre. Elle ne peut pas écrire sous le coup de la folie. La folie d'écrire, c'est poser les mots comme ils viennent sans penser, sans réflexion, sans peser les mots avant qu'ils ne heurtent. Elle causerait tant de peine en parlant sans réflexion écrite. Pour autant, ce qu'elle écrit n'est ni tronqué ni travesti, elle trouve simplement les mots qui font le moins mal.

Cinq ans après la mort de Paul, son demi-frère, Pascale n'avait toujours pas fait le deuil. Alors elle lui a écrit une lettre, elle a écrit sans craindre d'être blessante, elle a vidé l'encre qu'elle avait sur le cœur et elle l'a postée à une adresse imaginaire, elle aime cette idée que les mots partent et ne reviennent jamais. Les mots libèrent du poids, écrire comme dessiner est un exutoire, une thérapie à part entière pour elle, et alors elle s'est sentie soulagée et apaisée d'avoir ou lui dire ce qu'elle n'avait pas pu lui dire avant.

D'ailleurs, on ne devrait jamais se relire pour que les mots évacués ne puissent jamais nous heurter une seconde fois, les mots sont de puissants outils, écrire c'est les libérer, lire c'est les imprimer en soi. Pascale ne parle bien que si elle écrit avant. Cependant, elle écrit souvent comme elle se parle dans sa tête, et cela soulève un vrai souci, la hantise qu'on lui vole ses mots. Si elle parle, elle libère le poids des mots mais elle n'a plus le contrôle sur eux. Chacun peut alors les interpréter comme il l'entend et elle a subi trop de blessures liées à cette usurpation de mots qu'elle aurait soi-disant dits et dont elle n'a aucune trace pour s'en défendre. Tandis qu'à l'écrit elle peut garder le contrôle. Elle peut soit revenir dessus, soit effacer, soit conserver les preuves, elle aime l'écrit pour ce qu'il lui apporte en sécurité.

Mais finalement, on n'est jamais aussi libre que dans ses pensées. Elle a un gros travail à faire là-dessus car conserver ses mots c'est entretenir ses maux et elle n'a pas encore trouvé d'interlocuteur qui reçoit ses mots avec bienveillance et qui puisse ressouder les brèches de sa confiance comme le maître Kintsugi avec son fil d'or. Et si son livre se lit ? Ses mots seront-ils reçus tels qu'elle veut qu'ils le soient ? Écrire est une liberté mais se faire lire est une prise de risque.

24
Le manipulateur égocentré

Pascale a souvent entendu l'amalgame être fait entre le syndrome d'Asperger et le manipulateur égocentré, plus vulgairement dénommé « *pervers narcissique* », bien qu'elle n'aime pas ce terme qui, pour elle, cloisonne et généralise, mais comme elle ne connaissait pas encore le sujet elle s'est mise à douter également et a commencé à étudier le sujet.

Avec le recul, elle se demande comment on peut décemment faire ce lien, c'est totalement l'opposé du schéma de fonctionnement, voire même un sujet totalement autre, même si le trait particulier rigide et d'apparente froideur peut sembler troublant chez un aspie, il n'y a pourtant aucune manipulation dans les actes, aucun trait de méchanceté gratuite envers autrui, bien au contraire. Bien qu'il puisse exister des autistes manipulateurs, entendons-nous bien ! Alors là aussi elle a lu, comme elle aime toujours le faire quand elle ne comprend pas et qu'il lui faut comprendre, c'est vital pour elle.

Si les aspies étaient profondément manipulateurs, ils ne se poseraient même pas la question. Le manipulateur n'a aucun scrupule et aucune empathie. Chacun de nous peut avoir une période de sa vie où effectivement il adopte une attitude qui peut faire penser à de la manipulation mais c'est minime et heureusement ça ne fait pas de nous des monstres. Un manque, une faille, un coup de déprime et nous voilà devenus maîtres chanteur, victime, sadique. Toute notre vie, on endosse certains costumes pour se faire aimer, pour obtenir ce qu'on veut.

Depuis notre naissance d'ailleurs ça marche comme ça. Les pleurs même du nouveau-né sont faits pour que la mère réagisse et satisfasse le besoin. Plus tard, c'est par de la séduction, puis du chantage, des crises de colère ou des tentatives de culpabilisation. Il ne faut pas en avoir honte, mais s'en rendre compte est déjà un grand pas. Il faut ensuite réussir à se rééduquer et faire un travail sur soi. On n'obtient pas ce qu'on veut par des techniques qui peuvent potentiellement faire souffrir l'autre.

La communication est donc essentielle. C'est un art qui s'apprend. L'enfant ne l'ayant pas jusqu'à un âge de raison c'est pour ça qu'il agit ainsi. Mais en grandissant, on ne doit plus fonctionner comme ça. On devrait d'ailleurs apprendre la communication positive et non violente à l'école. Pourtant les amalgames continuent et ils sont multiples.

Les médecins et le milieu spécialisé n'y sont pas étrangers. Pascale n'a aucune confiance en eux, les bons médecins et vrais spécialistes sont rares. Et elle a peur qu'ils mettent tout le monde dans des cases et que ça freine des potentiels d'adaptations ou des capacités futures. Elle préfère qu'on accompagne les enfants dans leurs parcours. Qu'on leur apporte les clés. Qu'on leur montre ce qu'eux, adultes, ont pu acquérir pour s'en sortir. Mais ne jamais leur dire qu'ils ont telle ou telle appellation de syndrome jusqu'à ce qu'ils soient assez matures pour comprendre et se positionner, un peu comme une croyance religieuse. Elle voudrait qu'ils grandissent comme les autres et qu'ils ne soient pas limités, parce qu'étiqueter c'est poser des limites, et limiter c'est priver de liberté et de la conscience de son pouvoir créateur.

Un nouvel article de « *L'Autistoïde* » l'a encore interpellé, régulièrement accablé sur le sujet en question : « *... l'autiste se voit accusé de jalousie alors qu'il s'en fout, mais qu'on le confonde avec un jaloux parce qu'il ne tolère aucun mensonge et veut gérer au mieux les paramètres en les étudiant sous leurs moindres rouages, pour optimiser et non pas pour détruire quoi que ce soit. Quand il se voit accusé de vouloir manipuler alors qu'il ne fait qu'enquêter, tester le terrain pour savoir la vérité. Quand il veut savoir pour rétablir la justice parce que le secret préserve le pouvoir inique d'un instigateur-générateur, basé sur l'injustice, l'arbitraire...* ». Qu'est-ce qu'elle aime ses mots ! Ils soignent ses maux, ils la bousculent mais positivement, ils la font avancer, ils l'aident à dire ce qu'elle n'arrive pas à exprimer.

Il n'y a rien qui lui soit plus insupportable que de ne pas savoir, elle a soif d'apprendre, encore plus quand on lui cache des choses, quand on lui ment ou qu'on ne prend pas le temps de lui expliquer clairement les choses. Elle a besoin de connaître tous les paramètres d'un sujet afin de pouvoir le maîtriser et donner ensuite un avis et apaiser sa soif de vérité.

Le mensonge est humain, une première fois il peut être une erreur, mais une seconde fois il devient un choix. *« Ce qui me bouleverse, ce n'est pas que tu m'aies menti, c'est que désormais, je ne pourrai plus te croire »* disait Nietzsche. Et si c'est le cas alors il faut en assumer les conséquences, celui de ne plus être crédible aux yeux de l'autre, et tout simplement de perdre sa confiance et son estime.

Pour avoir pardonné l'impardonnable, Pascale peut dire que seul le temps permet le pardon sincère. Mais il ne faut jamais confondre le pardon et l'oubli. On n'oublie jamais, on pardonne seulement. On pardonne fatalement car ne pas pardonner c'est continuer de se soumettre. Finalement, le pardon est faussement perçu comme une faveur envers l'autre et notre ego ayant déjà souffert ne comprend pas cette perception erronée. Il faut voir le pardon dans son sens profond comme la libération de sa propre souffrance. La souffrance est une cage, une pièce sombre, une prison dont seul le pardon est la clé. Si nous pardonnons, nous nous donnons la clé pour sortir de notre souffrance.

Quand on pardonne, c'est nous qui reprenons le contrôle. L'autre n'est plus le bourreau et nous ne sommes plus la victime. Simplement, on n'oublie pas, jamais, car maintenant on sait, on apprend et on s'élève, et alors l'autre même s'il recommence n'aura plus le même impact sur nous, voire même plus aucun impact du tout. On ne peut pas l'empêcher de recommencer mais on peut changer la réaction que nous avons face à lui.

Pardonner ne veut pas dire non plus continuer à voir la personne. Encore une fois, les gens font l'amalgame. Sans parler de faute grave ou de pardon. Quand une personne ne correspond plus à notre univers, à notre choix de vie, alors nos chemins se séparent simplement. Pourquoi ce serait différent quand on parle de pardonner ? On peut pardonner et nos chemins se séparent quand même. C'est moins douloureux, on fait le deuil d'une relation, amicale, amoureuse, familiale, mais on le fait sereinement sans le poids de la culpabilité ou du pardon. L'autre n'est même pas censé savoir qu'il est pardonné finalement.

Le pardon c'est quelque chose d'intime et encore une fois il ne concerne que nous et notre rapport à nous même. Libre à l'autre de se repentir ou pas et de trouver la clé qui le libérera de son propre cachot. Chacun est responsable de ses choix. Si on choisit de pardonner, on peut choisir de le dire ou non, on peut choisir de ne plus fréquenter la personne ou non, nos choix sont à la carte, et entre nos mains. Si l'autre par contre vient nous accuser de ne plus lui parler ou de l'avoir écarté de notre vie prétextant qu'on ne lui a pas pardonné et tentant alors d'inverser les rôles, il est évident que cette personne essaie de s'accrocher aux seuls liens qu'il lui est encore possible d'avoir avec nous comme celui de la colère ou de la rancœur, on retombe alors dans un schéma de manipulation et de culpabilisation. On devra soit clairement lui indiquer que nous lui avons pardonné, car lui pardonner ouvertement c'est briser ce lien par lequel il peut encore nous tenir et nous n'aurons plus de compte à lui rendre. Soit ne lui rendre aucun compte du tout, couper les ponts et laisser cette personne à son propre tourment mais pour autant nous permettre de briser ces liens encore existants en acceptant tout simplement que tout ceci soit arrivé et en nous pardonnant à nous même.

Parfois, la souffrance est nécessaire parce que nous arrivons à un moment de notre vie où nous devons changer. Le serpent mue, la chrysalide se déchire, les relations ne laissent transparaître que l'image superficielle de perfection sous la pression des conventions sociales mais dans l'intimité il en est tout autre. Si les gens sont encore ensemble, heureux ou malheureux, c'est que leur histoire n'est pas encore terminée. Une histoire qui bat de l'aile n'est pas toujours vouée à une fin et une histoire qui se termine n'est pas un échec non plus. C'est comment l'on ressort de cette histoire qui est essentiel. Si l'on n'a pas appris de l'expérience alors la vie recommencera à nous la faire vivre comme un disque en boucle jusqu'à ce qu'on intègre la leçon.

25
Les intérêts restreints

Petite, elle collectionnait les cartes postales de chat, les pins, les pogs, les cartes téléphoniques, les timbres, elle passait des après-midi entiers à les décoller, à les sécher et à les classer, les petites grenouilles, les boutons, les fèves.

Chaque fois qu'elle se rendait compte qu'une collection ne pouvait pas se terminer, elle était frustrée alors elle changeait de thème. Plus tard, pendant ses études d'art, elle s'est mise à collectionner les tissus, les perles, les rubans.

Quand elle rentre dans une mercerie où tout est bien rangé par couleurs, par taille, elle devient euphorique, ça la calme, elle pourrait y rester des heures car tout est organisé, trié, épuré, pas comme dans les supermarchés où rien n'a de sens, les couleurs sont criardes, les slogans et les promos mal placées, les lumières, les rayons réfrigérés où l'on passe du chaud au froid, tout est déroutant dans ces endroits. Puis elle a collectionné les livres aussi.

Elle n'est pas pour autant attachée au matériel, de toute façon elle n'avait tellement plus rien en sa possession que finalement plus rien ne lui était vraiment essentiel. Mais ce qu'elle a toujours appelé collection était en fait un sujet restreint lié au syndrome. En réalité, un aspie s'intéresse à des sujets bien précis, qu'il affectionne, et ce sujet dit restreint devient une passion dévorante sur laquelle il peut se documenter des heures, des jours, voire des années, jusqu'à avoir fait le tour du sujet, ou pas d'ailleurs, et il peut changer de sujet plusieurs fois, ou pas non plus.

On en revient à la synchronicité, qui est pour elle un sujet spécifique, Pascale pense que nos rencontres, nos échanges, nos actes, tout a un sens, parfois on ne le comprend pas de suite mais depuis petite elle fait confiance à cette suite logique d'événements, comme un petit chiffre dans un algorithme, notre existence même a un sens, notre présence même, à une place précise dans les différents reflets dimensionnels, a un sens. Ses intérêts restreints sont d'ailleurs toujours liés à l'algorithmique et en découlent des activités ou des stéréotypies du quotidien basées sur ce procédé.

26
La transmission

Elle ne se voyait pas un jour avoir une vie stable, mariée, avec des enfants. Elle a eu un parcours plutôt difficile et sa vision négative d'elle-même et de la vie en général faisait qu'elle ne pensait pas pouvoir les rendre heureux. Ses difficultés liées à ses différences et les rejets divers auxquels elle avait été confrontée l'avaient rendue amère et sauvage. Pascale voulait mourir jeune et à défaut elle s'était résignée à finir sa vie seule.

Et puis finalement, rien ne se passe jamais comme on l'a décidé. Elle s'est dépassée, découverte, on ne connaît ses limites que lorsqu'on essaie de les franchir. Elle a eu cette envie grandissante et soudaine d'avoir un enfant, ce besoin était devenu vital. Elle devait laisser une trace d'elle sur terre.

Elle ne savait pas qu'elle était susceptible d'être Asperger à cette époque. Mais elle ne regrette rien. Son enfant est un petit elle miniature, ils se ressemblent, ils se comprennent sans parler, ils sont très complices et elle aime passer du temps avec lui. Il est le seul qu'elle tolère d'emmener en voiture quand elle conduit. Elle a vécu une grossesse tellement idyllique, elle était tellement bien enceinte, dans son monde et dans sa bulle, que l'accouchement a été très dur à vivre. Comme si on lui coupait un membre, elle s'est sentie seule, il n'était plus avec elle et elle a subi un gros post-partum.

Elle a mis un an et demi à surmonter ce vide, avant de retrouver ce lien complice avec lui. Elle est plus indulgente mais à la fois plus consciente de ses travers depuis qu'elle sait qu'elle est aspie et elle espère pouvoir gérer et s'organiser au mieux au quotidien.

Elle n'est pas une mère classique, elle ne fait pas de gâteaux, pas de fêtes ou de surprises, elle ne sait pas jouer aux jeux d'imagination, seulement aux cartes ou à certains jeux de société, mais au final elle se dit qu'elle est une bonne mère à sa façon. On l'a souvent traitée de froide, d'égoïste, de ne pas être maternelle et elle en a souffert car elle ne connaissait pas le syndrome à cette époque. Finalement, elle a réussi à dépasser tout ça, à arrêter de laisser le jugement des autres avoir une influence négative sur son estime d'elle-même. Elle a appris à s'affirmer, elle avait déjà un début de lucidité sur elle-même et elle savait très bien qu'elle était atypique et que personne n'était en droit de juger ni son rôle de maman, ni sa personne, ni ses actes, sauf à la limite son enfant lui-même, lorsqu'il serait grand, puisqu'il était le premier concerné.

Et puis quand elle le voit aujourd'hui, il n'est pas malheureux, il sait comment elle fonctionne et elle lui apporte bien d'autres choses que d'autres mamans ne font pas. Ils communiquent ensemble par le non verbal, elle lui apprend l'écoute, la droiture, la lecture, les arts manuels, le développement personnel, le droit à l'erreur et la remise en question de soi pour progresser.

Elle invitait rarement quelqu'un à la maison par le passé, on lui avait fait croire qu'elle n'était pas sociable pendant des années, alors qu'en réalité bien que les interactions sociales la fatiguaient, c'est tout simplement qu'elle ne pouvait pas faire face aux conséquences qui suivaient ces invitations, tandis qu'elle adorait échanger et qu'elle aimait les gens, humainement, d'un amour profond et sincère, il fallait ensuite pouvoir assumer les critiques, les dénigrements et les humiliations.

Pascale aime son confort, surtout lorsqu'elle doit compenser ses troubles cognitifs et se reposer, mais elle aime aussi sortir ou voyager, il faut juste que tout soit bien organisé et planifié. Elle ne pense pas être si différente des autres mais elle s'autorise maintenant à être elle-même sans pression. Elle a même l'impression qu'en s'affirmant, son entourage a fini aussi par s'accepter, plus elle est souple et détachée de cette espèce de contrôle permanent et plus les autres sont détendus aussi, mais ça n'est pas évident à gérer tous les jours, cela lui demande beaucoup d'efforts. Au quotidien donc, elle vit comme n'importe qui, elle a juste trouvé des subterfuges, des pirouettes, des solutions alternatives pour améliorer son confort cognitif.

Pour les textures qui l'irritent, elle évite juste d'en acheter, d'en manger ou d'en toucher, elle coupe toutes ses étiquettes de vêtements aussi. Pour le bruit elle n'a rien trouvé encore mais elle entend de moins en moins bien, elle a l'impression d'être en permanence près d'une autoroute. Pour le contact, elle n'a pas trouvé mieux que d'esquiver mais parfois quand elle n'a pas le choix c'est très dur à vivre. Elle essaie de prendre sur elle mais elle peut vite se braquer si la personne en face ne comprend pas.

C'est comme pour dire bonjour, en général elle tend une bonne poignée de main mais ça n'empêche pas les personnes un peu envahissantes qui veulent quand même faire la bise, un vrai supplice pour elle, c'est une convention sociale dont elle se passerait bien. Pour les odeurs, ça va, elle supporte très bien et elle en a plutôt fait un atout, elle évite juste les endroits bondés qui sentent fort type métro, bus en été, étalages de poissonnerie. Sinon elle a toujours un foulard ou un baume de menthol à portée de main.

27
L'implicite

Elle avait cinq ans, sa grand-mère la gardait et, comme il était tard, au lieu de prendre un bain elle avait décidé de lui faire une toilette rapide au gant, elle s'en souvient encore, après avoir fini de ranger ses jouets dans le grand baril de lessive, que son grand-père avait transformé en bac à jouets et sur lequel il avait collé un lé de tapisserie vert pomme très seventies, sa grand-mère lui dit alors : « *Va te mettre au lavabo.* » et c'est sans sourciller qu'elle s'affairait dans la salle de bain, tirant le petit marche pied pour monter et s'asseoir toute entière dans le petit lavabo.

Quand sa grand-mère est arrivée, elle a poussé un cri de stupeur et de moquerie mélangées, elle ne savait pas si elle devait rire ou s'inquiéter de sa stupidité. Pour sa part, elle n'a compris que longtemps après que se mettre au lavabo voulait dire patienter gentiment devant le lavabo pour faire sa toilette de chat et non pas monter dedans au sens littéraire du terme. Elle s'était dit aussi qu'il était bien difficile de monter si haut et de rentrer tout entière dans un si petit lavabo, mais elle s'était tout de même exécutée sans se poser plus de questions.

Ce genre d'anecdotes Pascale en a à la pelle, et elle ne les a jamais réellement mal vécues, sur le moment elle pensait juste avoir mal compris et on la traitait tellement d'idiote qu'elle avait fini par se persuader très tôt qu'elle l'était, elle le vivait simplement, sans se poser de questions. C'était un état de fait, elle était bête, maladroite et empotée, il n'y avait rien à faire.

Une fois encore, en famille, elle aidait à mettre la table et elle demandait « *Où est la cruche ?* » sa grand-mère lui répondit « *Va voir dans le téléviseur.* », la télé était éteinte, face à l'écran noir reflétant sa propre image, elle n'a pas compris de suite qu'on se moquait d'elle. Pourtant jamais elle ne se rebellait, c'était devenu une vérité, elle était idiote, pourquoi s'en défendre ?

C'est plutôt la résignation qu'elle a fini par avoir de véhiculer cette mauvaise image, cette sous-estime d'elle-même qu'elle a dû traîner jusqu'à l'adolescence, et bien après d'ailleurs, qui lui ont pesé. Quand elle en a pris conscience, quand elle a découvert que finalement elle avait un potentiel, quand on a cru enfin en elle, c'est là vraiment qu'elle a commencé à en souffrir, à ne pas savoir vraiment comment réagir et à se lancer dans une quête de soi, savoir qui elle était vraiment à part cette petite fille sage, silencieuse et sans cervelle.

Elle a toujours été en quête de quelque chose, au départ c'était en quête d'elle-même, puis en quête d'amour, puis de reconnaissance et aujourd'hui encore elle est en quête de légitimité, elle arrive à la fin d'une longue série de quêtes qui lui paraissaient interminables, et maintenant elle est juste en quête d'un diagnostic qui mettrait un point final à tout ça. Elle a passé plus de six mois à chercher, à appeler, à faire des mails, à participer et échanger sur des groupes pour trouver des pistes, alors elle a hâte de savoir.

28
La reconnaissance

Pascale attend le jour où elle pourra se rendre disponible et prendre ce foutu rendez-vous. Ça n'est pas si loin que ça, et après trente-cinq ans d'attente, elle n'est plus à un jour près. Pourtant l'impatience la gagne parce que plus elle attend et plus le doute s'installe.

Parfois elle se sent vide, inexistante, elle se dit qu'elle s'est trompée de piste, que toutes ces recherches sont vaines car au final elle le vit bien, elle a un toit, une famille, un boulot, elle n'est pas névrosée, pas handicapée moteur, pas mutilée, pas de maladie incurable, elle a de la chance. Pourquoi s'acharner à vouloir autant aller fouiller dans la marmelade à part pour trouver des petits morceaux de zest ?

Et puis un souvenir, une réflexion, un coup de bambou lui font ressurgir cette soif de légitimité, elle doit savoir, elle doit arrêter de se prendre la tête au quotidien, elle veut lire noir sur blanc ce qu'elle est pour accepter, pour pouvoir vivre enfin avec et apporter des solutions adaptées à son quotidien, le conforter, le rendre plus fluide et plus léger à vivre. Elle est fatiguée de devoir toujours cogiter, devoir chercher des solutions, des astuces, des replis, des explications, des excuses, elle veut juste poser un diagnostic, pas pour se cacher derrière non plus mais juste pouvoir souffler un peu sans avoir toujours à se justifier. Et pourquoi serait-ce hors convention ? Pourquoi on s'excuserait d'être ? Quand on est enceinte, âgé ou handicapé, on a le droit de passer en caisse prioritaire non ? On a le droit de sortir sa carte pour se garer sur une place handicapée ?

Alors pourquoi n'aurait-elle pas le droit de sortir son diagnostic d'Asperger et demander qu'on fasse moins de bruit, qu'on recule de deux pas en arrière pour lui laisser son espace vital, qu'on arrête de la toucher ou de la forcer à faire la bise sans qu'elle l'ait demandé, qu'on cesse de lui dire qu'elle est normale, qu'elle parle bien, qu'elle se prend trop la tête, que ça ne se voit pas, qu'on est tou (te) s un peu autistes et que c'est uniquement dans sa tête !

29
La science

Du point de vue de la science c'est quoi le syndrome d'Asperger ? Est-ce qu'on y met une majuscule comme sur les noms de pays ? D'où ça vient ? Est-ce qu'on naît comme ça ? Est-ce qu'on le devient après un choc ou un enfermement de longue durée ou après un vaccin comme on le lit à tout bout de champ dans les merdias ? Est-ce que c'est la faute de ces pauvres mères sans cesse incriminées et pointées du doigt ? Parlons des choses qui fâchent ou qui sont tabous.

Pascale n'aime pas provoquer ou attirer l'attention, mais elle aime la vérité. Alors elle va s'adonner à son jeu favori, elle va lire, elle va se prendre la tête et elle va chercher l'info, la vraie, en tous cas la plus logique et censée. Plusieurs sites parlent très explicitement du syndrome et elle a trouvé ça plutôt abordable même pour les novices, maintenant plusieurs informations se recoupent souvent et il faut bien faire le tri.

Le syndrome est présenté comme d'origine neurobiochimique et associé à un problème génétique, en résumé c'est un ensemble de troubles neurologiques du spectre autistique provoquant des difficultés à se socialiser et à interagir avec autrui. Alors certes le terme neurobiochimique n'est pas faux, mais elle l'a trouvé un peu limite et ça lui a juste fait penser au terme bio-tensio-actif-bifidus-machin-chose qu'on trouve dans les yaourts spécial transit et qui veut juste dire plus joliment qu'il aide à faire caca. Et puis employer le terme « *problème* » la gêne aussi, parce qu'en soit ça ne pose pas juste un problème mais des dizaines de troubles d'ordre social, mais aussi émotionnel, affectif, cognitif, spatio-temporel, et cela affecte également les cinq sens, si ce n'est le sixième aussi pourvu qu'il soit prouvé qu'il existe.

Bref, les aspies ne sont pas victimes d'un « *problème* » génétique car pour tout problème il y a une solution, non, ce syndrome est présent à vie, il n'y a pas de solution, pas de miracle, il est empreint dans les gênes, point barre, donc s'il n'y a pas de solution c'est qu'il n'y a pas de problème, cqfd. Le site fait ensuite mention de handicap chronique, une maladie chronique étant une maladie de longue durée, évolutive, avec un retentissement sur la vie quotidienne. Le terme handicap invisible est souvent repris aussi et bien qu'en effet il soit handicapant dans certaines situations elle a l'impression que sur une large palette de cas concernés ils ne sont pas toutes et tous au même degré de handicap et ce dernier peut être plus ou moins visible. Ça donne à réfléchir sur le fait de renier tout ou partie du syndrome sous prétexte que c'est peu ou pas visible ou handicapant.

Trop souvent, on rejette l'information car on a le cliché de l'autisme lourd, appelé autisme de bas niveau, or les aspies ne sont pas forcément déficients intellectuellement, enfin c'est comme partout, y a aussi des aspies cons et des mégalos, et même au niveau du langage, l'échange peut quand même se faire, parfois plus difficilement que d'autre mais rien à voir avec les cas très compliqués d'autistes qui sont souvent emprisonnés dans des idées préconstruites, vendues par des merdias et rabâchés çà et là par des esprits trop étroits pour comprendre réellement le sens de leurs propos. L'autisme est devenu une malle fourre-tout dans laquelle on jette tout ce qu'on ne comprend pas, qu'on n'arrive pas à définir et qui semble lié de près ou de loin à un mutisme ou une atypie sociale. C'est moche, c'est douloureux mais c'est pourtant la triste réalité.

Elle ne peut pas se plaindre, vraiment pas, elle le vit d'ailleurs plutôt bien, et quand elle voit ce qu'elle a traversé et enduré seule, bien sûr qu'elle a une certaine amertume, elle se dit qu'elle aurait aimé être accompagnée, suivie, qu'on lui donne des armes utiles et des outils nécessaires à son confort. Mais elle essaie de rester dans la gratitude, elle ne sait pas par quel miracle elle arrive à déjouer certaines crises, à prendre sur elle, à avoir tant frôlé ses limites, elle a appris à les connaître et presque les maîtriser et elle s'en accommode. Tant pis si le type lambda ne la comprend pas, la prend pour une loufoque extraterrestre tantôt taciturne et mutique, tantôt braillarde et extravertie, elle se fout de plus en plus royalement de l'impact de son image sur autrui et puis elle vit bien mieux loin de ce genre de personne.

Le site évoque aussi ce qu'on appelle la triade autistique, c'est à dire altération de la communication verbale et non verbale qui fait passer l'individu pour froid et distant tandis qu'il ne comprend pas l'implicite ou le double sens, l'altération qualitative des interactions sociales, des liens et des échanges et intérêts restreints et stéréotypies, une manière de contenir une anxiété intérieure. Le syndrome est ensuite repris plus en détail, expliquant qu'en mille neuf cent quarante-trois le psychiatre autrichien Hans Asperger a évoqué le syndrome, qui prendra ensuite son nom, puis en mille neuf cent quatre-vingt-un, la pédopsychiatre Lorna Wing a repris cette ébauche pour l'étudier plus en profondeur sur trente-quatre cas. L'asperger a donc ensuite été assimilé à un TED, Trouble Envahissant du Développement.

Le mot « *envahissant* » est assez percutant, Pascale le décrit comme le terme exact pour décrire l'ampleur des effets d'anxiété qu'elle peut parfois ressentir. Le site parle ensuite de « *cécité mentale* », les aspies ne sont pas non plus aveugles, mais plutôt comme aveuglés, éblouis, par trop d'informations, trop de sollicitations, les connections mentales ne se font plus correctement et c'est comparable à la vue qui s'embrouille quand, roulant sur l'autoroute, en pleine nuit, une voiture venant d'en face nous mettrait soudainement les pleins phares. Il décrit aussi des caractéristiques physiques qui pourraient éventuellement être décelées chez les aspies comme des difficultés motrices, avec des gestes maladroits ou une démarche guindée, une intonation monotone, une fuite du contact visuel ou encore certains tics.

Maintenant qu'elle y voit un peu plus clair, elle peut recouper certains événements de sa vie plus précisément, trouver les liens entre les différents troubles ou les altérations et certaines scènes de son passé. Elle ne veut pas tomber dans le piège de sortir son diagnostic de sa poche à chaque fois, elle ne veut pas s'en servir comme d'un alibi ou se cacher derrière tout le temps sans assumer les vrais défis de la vie mais, elle ne peut pas non plus nier ses troubles et une certaine forme de soulagement libérateur.

Chantal Tréhin, neuropsychologue clinicienne des pathologies développementales et acquises, dit : « *Le syndrome d'Asperger n'est pas une excuse, c'est une explication* ». Et c'est tout à fait ça, admettons qu'elle soit vraiment aspie, et admettons qu'elle arrive enfin à obtenir un diagnostic, est-ce qu'elle sera toujours aussi tendue, crispée et alerte face aux autres ? Aura-t-elle une vision différente des choses ? Osera-t-elle enfin se libérer, se donner le droit de lâcher prise parfois, arrêter de se contenir tout le temps ? Et bien qu'ayant réussi à commencer à s'affirmer, osera-t-elle aussi en parler autour d'elle ? À dévoiler sa véritable identité ? À terminer ce livre qui, à l'heure qu'il est, n'est toujours pas vraiment dédié à être édité, publié, lu et compris ?

30
Les asper-ités

Pourquoi mentir à son enfant quant au contenu légumineux de son assiette ? C'est le débat inter-parental du jour, sur lequel personne n'est jamais d'accord. De son point de vue, elle ne voit pas l'intérêt de mentir à son enfant juste pour qu'il avale un bout de courgette, genre l'astuce miracle ou la feinte magique de bon parent. « *Non, tu as bien des courgettes dans ton assiette ! Oui, ce sont bien des légumes. Tu as le droit de ne pas aimer mais tu ne le sauras qu'en y goûtant, donc je te demande de goûter avant* ».

C'est si compliqué que ça à faire comprendre ? Mentir pourquoi ? Pour que l'enfant mange à tout prix ? Sur le coup, d'accord ça marche une fois, deux fois, mais quel exemple on donne ? Qu'on peut mentir pour arriver à ses fins ? Et qu'il ne peut même pas avoir confiance en ses propres parents ? Pascale ne pense pas être atypique sur ce point éducatif pour le coup mais elle maintient son raisonnement comme étant une logique éducative évidente, ça passe par le respect, et un enfant est tout aussi respectable qu'un adulte, si ce n'est plus d'ailleurs.

En clair, le mensonge est pour elle une aspérité du comportement humain, parmi tant d'autres, et tout ce qui n'est pas lisse, droit, fluide, tout ce qui lui paraît rugueux, de biais ou galvaudé la fait fuir et instinctivement elle va devoir le mettre à jour, le pointer du doigt, le rectifier, le redresser, le polir, le rendre plus vrai à ses yeux !

Ça n'est pas sans heurter l'autre, au détriment de certaines relations, qu'elle a déjà du mal à maintenir, mais c'est en elle, cela fait partie d'elle, c'est comme une faute d'orthographe sur un slogan publicitaire, comme une tache de café sur une cravate, comme un trou de mite dans une manche de pull, elle est la seule à le voir et l'unique à le clamer sans gêne, au grand damne de ses proches, non pas pour se rendre intéressante, non pas par mesquinerie ou snobisme, mais simplement par réflexe, par irritation cognitive pour ses yeux, son ouïe, son odorat et tous ses autres sens qui peuvent être exacerbés et irrités par ce qui n'est qu'un détail pour la masse, mais aussi pour sa profonde valeur de droiture, c'est ce qui la maintient ancrée dans ce monde, la justice est sa colonne vertébrale.

C'est un peu pareil pour les scènes de conflits ou les disputes, devant toute forme de violence elle perd ses moyens. Ses jambes se coupent et ce n'est pas seulement l'impact que peuvent avoir sur elle les éclats de voix, les cris ou les gestes vifs et imprévisibles mais aussi devoir gérer et contenir ses propres réactions qui parfois sont tellement excessives intérieurement qu'elles en deviennent terrifiantes et la liquéfient. Elle éprouve alors un mélange de terreur, de paralysie et en même temps de colère sourde et incontrôlable qui monte en elle. Elle n'a pas peur de l'autre ou de la source du conflit, elle a peur d'elle-même, de l'émotion, de la réaction qui en découle, peur de ne plus avoir le contrôle.

Comment peut-elle se persuader de lâcher vraiment prise ? Même si elle a conscience du bienfait de prendre du recul, de prendre soin d'elle, de s'essayer à des techniques de relaxation, de méditation, de respiration ou de médecine douce, il y a toujours cette dualité en elle, cette approche relative des choses qui se frotte à ses réactions épidermiques et sanguines. Et l'épuisement vient de là, de cette faille, et ce n'est pas en la comblant qu'elle saurait y faire face, mais c'est au contraire en y entrant, en allant gratter là où ça fait mal, en y plongeant profondément et pour aller voir la source de cette blessure.

C'est cette persévérance, parfois perçue comme de l'entêtement, qui l'a sauvé, toute sa vie elle a été animée par ce besoin de justice, de connaissance, de droiture.

Ne jamais laisser tomber, fléchir mais ne jamais plier. Tomber puis se relever. Garder la foi comme la dernière braise encore crépitante du feu de la vie.

31
La droiture

Un jour, elle errait dans les rues, la faim au ventre, c'était une période courte mais intense de son passé. Pour des raisons diverses qu'elle préfère taire et qu'elle a finalement pardonnées, elle a su ce qu'était la faim, le froid et la peur. Ne pas savoir où aller ni vers qui se tourner. Elle s'était juré devant la source qu'elle ne volerait jamais ni ne mendierait, et elle endura avec patience sa situation. Mais cette fois, cela faisait plus de trois jours qu'elle n'avait rien avalé, c'était plus difficile que d'habitude.

Elle fit la connaissance d'un chef cuisinier d'un très bon restaurant, adorable et le cœur sur la main. Le soir même, il prit le risque de perdre son emploi en sortant de sa cuisine des boîtes entières de plats non consommés, à cette époque c'était interdit, et il l'a nourri et épaulé jusqu'à ce qu'elle s'en sorte, en toute amitié et sans aucune contrepartie, elle a commencé alors à reprendre foi en l'humanité. Parfois, elle y repense, elle n'aura jamais assez d'une vie pour le remercier lui et tant d'autres. Mais elle peut remercier la source de lui avoir envoyé les bonnes personnes sur son chemin au bon moment et au bon endroit.

Elle se souvient aussi de son meilleur ami d'études d'art. Toujours à l'écoute, dans l'acceptation de sa singularité car lui aussi tout aussi différent. C'étaient sans doute les meilleures années d'insouciance. Les nuits festives, les défilés, les soirées créatives et les conversations sans fin à refaire le monde ou à chanter en duo. Toute sa vie a été ainsi, des épreuves très dures suivies de bonnes rencontres ou de réponses indirectes à travers des signes, ou des synchronicités qui lui ont paru extraordinaires et lui ont permis de toujours croire en la magie de la vie.

Elle a fini par avoir sa propre perception du spectre autistique. Après avoir vu les différentes présentations du syndrome, on peut constater aussi qu'il existe plusieurs points de vue et plusieurs groupes d'échanges ou de non-échange, ou en tous cas plusieurs façons de vivre ou d'endurer le syndrome. Certains restent cantonnés aux rapports de science, d'autres à leurs propres croyances, quand d'autres encore sont persuadés que l'on peut guérir de l'autisme. Il n'y a pas une vérité, il n'y a que des possibles.

Finalement même parmi les aspies, il y a une diversité flagrante et une série de clichés, de contradictions et de gens qui se heurtent, débattent, se chamaillent ou se renient. Tout ceci lui paraît bien triste, à son sens personne n'est habilité à dire ou affirmer ce qu'est l'autre ou ce qu'il ressent. Son appréhension du diagnostic trouve tout son sens quand elle voit ce genre d'attitude, parmi les aspies, au sein même de groupes où elle aurait été tentée de se croire naïvement en sécurité, comprise, ou acceptée.

En fin de compte, Asperger ou non, il y a des gens ouverts et d'autres moins, des gens qui sont prêts à avancer et d'autres qui se figent et se cramponnent à leurs vécus, leurs expériences ou leurs préjugés. Pascale refuse donc de se cataloguer, de s'inscrire dans tel ou tel courant d'idées. Qui d'autre qu'elle peut vraiment savoir qui elle est ? A-t-elle vraiment besoin d'une tierce personne pour répondre à cette question ? Va-t-elle encore se laisser dicter ce qui est mieux pour elle sans laisser place à son libre arbitre ?

Passer des tests, pourquoi pas, avoir des entretiens intéressants, d'égal à égal oui, mais aller consulter un spécialiste qui s'enrichira de son ignorance pour lui donner en à peine quelques heures d'entretien un papier sur lequel sera posé grossièrement un nom de syndrome, la mettre dans une case, dans un tiroir, la classer, devenir un dossier impersonnel et sans aucune alternative ou choix possible de mieux vivre ou d'amélioration de son confort de vie ? Sans compter les réfractaires ou les médecins encore étroitement fermés et persuadés que l'autisme est une conséquence, une anomalie liée aux écrans, aux vaccins ou à la négligence maternelle. Tout ceci lui donne envie de vomir. Elle hésite encore.

32
L'affirmation

S'affirmer, apprendre à dire non, se positionner. Elle n'a jamais su le faire. En tous les cas pas tant qu'elle n'était pas consciente de son propre pouvoir et qu'elle n'était pas encore partie à la rencontre d'elle-même. C'est dans l'épreuve qu'on se révèle, comme la plaque de lithographie plongée dans l'acide.

Pascale est souvent sujette à des effondrements. Elle appelle ça ses overdoses sociales. Elle s'effondre généralement une journée entière minimum. Mais ça pourrait sûrement être pire si elle s'exposait plus et si elle n'avait pas appris à anticiper ses propres réactions. Elle sait comment elle fonctionne maintenant et elle sent arriver le débordement à l'avance, quand elle commence à saturer, elle se replie pour ne pas avoir à trop craquer par la suite ou bien si elle ne peut pas s'isoler elle s'enferme dans le silence et le mutisme.

Le secret c'est d'être à l'écoute de soi-même et de bien apprendre à se connaître. On n'évite pas les crises mais on apprend à mieux les vivre. Elle sait maintenant se préserver, quitte à passer pour une sauvage. Elle sait aussi que si elle est trop fatiguée, stressée, malade ou en manque de sommeil ça peut aller très vite et être encore plus intense. Donc dans ces périodes-là elle reste chez elle. Elle ne s'isole pas non plus totalement mais elle évite les endroits peuplés, trop illuminés, trop bruyants, elle a fini par aménager sa vie en fonction de ses troubles. Finalement, le plus difficile à gérer, ce sont les réactions d'autrui. Et même son entourage qui prétend accepter et comprendre son atypisme, fini quand même par lui faire la remarque ou à se moquer inconsciemment.

Tout est décuplé dans son ressenti mais elle le vit de l'intérieur. Elle est quasi inexpressive pourtant en termes d'empathie c'est une vraie éponge. Elle va parfois même ruminer une émotion pendant des jours puisqu'elle ne l'aura pas extériorisée, elle l'aura donc mal digérée et elle va mettre plus longtemps à l'exprimer. Pascale a découvert le terme d'HPE, un terme employé par une psychologue qu'elle avait contactée, pour définir tout simplement un haut potentiel émotionnel, et quand elle a souhaité échanger sur le sujet avec ses paires elle s'est fait reprendre assez durement par certains commentaires qui accordent plus de crédit et d'importance au terme qu'elle avait utilisé plutôt qu'aux conséquences désastreuses de leurs propres mots. Elle a mis plus de trois jours à s'en remettre, à digérer leur manière de la mettre en joug en public. HPE n'était peut-être pas un terme scientifiquement acceptable, ni même médical, mais comment pouvait-on affirmer que cela n'existait pas d'une manière aussi vive et la rabaisser en public sans même prendre le temps de comprendre le sens profond de son commentaire ? Et si elle avait décidé que ce mot puisse réellement définir son état ? Avaient-ils fait des études de médecine ? Comment pouvaient-ils prétendre que tel ou tel terme était bon ou mauvais ? Et quand bien même ce serait le cas et qu'ils aient raison ? En quoi cela pouvait-il déranger ? Un mot plutôt qu'un autre n'a d'impact bon ou mauvais que selon comment on le perçoit ! Elle n'était pas responsable de ce que ce mot pouvait produire chez l'autre mais chez elle il définissait clairement un état de fait, qu'il soit médicalement reconnu ou pas !

134

33
La culpabilité

Elle a eu le poids de la culpabilité toute sa vie ou presque, et elle a même endossé des poids qui n'étaient pas les siens. Beaucoup de sacrifices ont été faits pour qu'elle poursuive ses études d'art, elle en a toujours eu conscience, mais des choses bien singulières aussi lui ont été faites en retour et ont fini par la blesser, elle s'est sentie rejetée et livrée à elle-même. Et finalement, elle a tout foiré. À vingt ans, ses troubles cognitifs et émotionnels étaient trop lourds à gérer. Maintenant, avec l'expérience et le recul, elle y revient petit à petit et elle se rend compte que tout ceci est arrivé pour une raison juste et saine.

Tout est possible, rien n'est jamais figé. Il faut savoir être plus indulgent avec soi-même et apprendre à lâcher prise. Seule la source sait ce qui est bon pour nous. Les chemins que nous empruntons, qu'ils soient faciles ou semés d'embûches, sont pré-écrits pour nous faire grandir et devenir ce que nous devons être. Son rêve d'être créatrice depuis toute petite était trop fort. La déception a été d'autant plus grande quand elle n'a pas réussi là où elle aurait dû ou pu. Pourtant elle ne regrette pas son parcours chaotique.

Elle a connu la rue, la faim, le chômage, les petits boulots alimentaires, les galères, seule et même à deux d'ailleurs, elle était bien loin de son rêve d'enfant. Comme si elle avait fait toutes ces études pour rien, comme si elle avait perdu du temps. Mais simplement avec le recul elle se rend compte qu'elle n'était pas prête. On ne sait jamais à l'avance pourquoi les choses arrivent. Elle se pensait perdue, une moins que rien, incapable de sociabiliser correctement, jamais invitée aux fêtes, tandis que tout métier artistique requiert un sens social développé. Et puis un jour, poussée par son entourage qui l'a aidée à préparer mentalement ses entretiens et l'a encouragée à envoyer des demandes un peu partout, elle a été prise très rapidement à un poste commercial.

Ça fait plus de quinze ans maintenant qu'elle exerce et elle ne regrette rien. Au départ, c'était un job alimentaire comme les autres et puis au moins elle avait un emploi fixe, des horaires convenables et adaptés à une vie de famille, et petit à petit elle a su tirer le meilleur de ce métier, les échanges avec les gens, les procédures d'organisation, les méthodes de formations, comment communiquer, comment négocier, la PNL et la CNV, les gestes et postures, les accroches commerciales.

En réalité, c'est tout ce qui lui manquait au départ. Et pourtant c'est au sein de ce métier-là, qui n'a rien à voir avec le milieu artistique, qu'elle l'a appris. Et aujourd'hui, elle n'a aucun regret, elle se sent enfin prête à renouer avec son rêve. Ce qui nous paraît désolant et nous peine sur l'instant est peut-être simplement une étape obligatoire que nous devons traverser pour apprendre et devenir ce que nous sommes destinés à devenir. Et même si on finit juste par faire un petit job alimentaire qui nous permet d'être heureux et sereins, ce n'est pas grave. L'essentiel c'est d'être bien avec soi-même.

Ce n'est pas nous qui décidons de ce qui est mieux. Parfois, on voit un mal pour un bien et parfois on voit avec nos yeux des choses que l'on ne se croit pas capable d'endurer tandis que l'autre est en mesure de le faire, mais ce n'est qu'une réalité faussée par nos croyances limitantes. Tout comme nous devons lâcher prise pour nous, nous devons aussi faire confiance en la vie. Rien ne nous est infligé de plus dur que ce que nous pouvons endurer. Et chaque épreuve, même si elle marque, est une étape pour nous rendre plus forts. Si Pascale n'avait pas eu tous ces blocages et tous ces empêchements, elle serait sûrement et en toute modestie capable d'être médecin, de décrocher un diplôme avec mention, elle en a largement les capacités. Mais serait-elle heureuse pour autant ?

Ce qu'elle fait aujourd'hui n'est pas le métier de ses rêves, mais ça lui apporte ce dont elle a besoin pour avancer en ce moment même, c'est-à-dire le moment présent. Elle ne se met plus aucun frein, aucune limite, elle en a déjà assez naturellement, mais elle essaie de se conforter en se disant qu'on ne fait pas toujours ce qu'on veut et que finalement la vie nous emmène là où on doit vraiment être.

34
L'image

Elle n'a jamais accordé d'importance à son image, pour autant elle a toujours su que c'était important d'apparaître dans les « *normes* » sociales. Elle a d'ailleurs très peu de photos d'elle à part enfant. C'est souvent elle qui les prend, elle adore capturer les instants, les graver en couleurs, comme elle étale les mots par écrits pour qu'ils se figent à jamais. Mais généralement, elle évite de s'exposer. Elle n'aime pas qu'on la regarde, qu'on la trouve jolie ou qu'on la complimente. Ça la stresse car elle prend alors conscience de son immortalité, du temps qui passe et de la superficialité que les gens accordent à la beauté physique.

Elle a été victime très tôt de ses formes et de son apparente sensibilité et elle a toujours eu cette sensation d'habiter son corps comme on conduirait une bagnole. Pour Pascale, c'est un moyen de transport rien de plus. Elle essaie de ne pas trop l'abîmer mais il est plus utile qu'esthétique à ses yeux. Elle se maquille peu, elle est toujours en jean et en baskets. Elle fait un déni de son corps non seulement par les traumatismes qu'elle a subis mais aussi parce que fatalement, avec le temps, il la trahira. Elle n'a pas le contrôle sur lui alors elle préfère l'ignorer.

Pour elle, l'apparence est éphémère, il faut apprendre à s'en détacher. Et puis elle a appris aussi de la vie et de ses échecs, parfois quand on est trop en attente d'un retour extérieur on se heurte à ce genre de choses. Qui est vraiment capable d'émettre un jugement juste ?

Tout comme de diagnostiquer quelqu'un et de mettre un nom sur un état de fait d'ailleurs ? Si on en arrive à ce stade c'est qu'on a fait le tour et qu'il est temps d'arrêter de chercher à l'extérieur ce qui peut être finalement est à l'intérieur de nous ? Faire une introspection, se poser, s'écouter penser et renouer avec soi-même, avec nos valeurs, nos envies profondes. On n'écoute pas assez nos petites voix intérieures qui parfois veulent nous crier à pleins poumons ce qui est bon ou juste.

C'est ce qui la dérange dans sa course au diagnostic. C'est contradictoire avec son indépendance morale, à savoir qu'elle refuse d'être définie par quelqu'un d'autre. Elle refuse que quelqu'un d'extérieur puisse tracer à sa place le chemin qu'elle doit emprunter. Les médecins et les spécialistes sont là avec leurs connaissances certes pour nous permettre d'avoir des pistes ou nous donner certaines clés mais ensuite libre à nous d'emprunter les sentiers battus et d'être qui nous avons envie d'être. Nous avons chacun des qualités que nous ne considérons pas comme des qualités parce qu'on ne nous les a jamais présentées comme telles.

Nous avons tendance à faire les choses à l'envers. On attend du regard extérieur une légitimité pour ensuite se renfermer sur soi intérieurement et s'accrocher à cette image presque égoïstement. Alors qu'il faudrait faire tout l'inverse, prendre du temps pour soi, se connaître puis s'extérioriser pour partager avec les autres et diffuser ce que nous avons de meilleur en nous, généreusement et sans attente.

Si on a des peurs ou des freins, plutôt qu'ils nous paralysent, il faut apprendre d'eux. En faire le tour, les nourrir, être bienveillant avec eux, plus on connaîtra nos peurs et plus on saura les maîtriser. Par exemple, combien de pompiers sont craintifs du feu à la base, avant que cela ne devienne une passion ? Ils apprennent de leur peur, c'est parfois même leur peur qui les guide et leur fait aimer ce métier. Pour nos vies, c'est pareil, il faut aborder nos craintes comme on apprendrait un métier, voir nos peurs comme des intérêts restreints et alors elles deviendront des forces.

Pour l'amour aussi, il faut déjà se construire soi-même pleinement avant de rencontrer la bonne personne. Si deux personnes non encore construites se rencontrent, chacune d'elles va inconsciemment vouloir et attendre que l'autre comble ses failles et ses vides. Et c'est le grand malheur de notre société actuelle, d'où certaines relations néfastes ou sans avenir. Si chacun attendait patiemment de s'être vraiment épanoui pour lui-même et par lui-même alors il aurait ensuite à offrir à l'autre, au sein d'une relation, le meilleur de lui. C'est juste dommage qu'on ne sache pas ça plus tôt, ça éviterait beaucoup de divorces, de séparations, de conflits ou de souffrances. Et encore, peut-être même que ces rencontres sont inévitables et permettent justement d'évoluer. Comme deux minéraux qui viennent se heurter, on s'érode avec le temps et on devient « *poliment* » soi.

Elle en revient à se poser des questions sur la nécessité de son diagnostic, finalement elle a appris à se connaître, à apprendre de ses failles et de ses lacunes, elle vit chaque jour avec, elle s'en nourrit et elle finit par en faire le tour et à s'en accommoder. Pourtant elle oscille toujours entre ces deux états d'âme, poursuivre ces démarches ou pas, avoir un diagnostic ou pas, elle essaie de se convaincre que c'est uniquement pour elle qu'elle en a besoin, mais avec le recul, elle se rend bien compte que c'est aussi à cause du regard des autres qu'elle est sans cesse dans ce doute, c'est à travers leurs regards que ce diagnostic devient nécessaire. Sans le jugement de l'autre, elle se contenterait de poursuivre sa route, de pousser ses limites, parfois non, sans forcément mettre un nom sur cet état de fait. Pascale ne sait pas, elle ne sait plus vraiment. Tout semble prêt pour enfin déposer son dossier, mais elle s'accorde encore un peu de temps, ce n'est pas le moment, il manque quelque chose, peut-être un moment qu'elle n'aurait pas encore vécu et qui se prépare ?

35

La pudeur

Pascale a l'impression d'être pudique, voire timide, mais selon des paramètres différents de la norme. Parfois, elle parle de choses avec beaucoup de froideur ou on pourrait la croire presque indécente alors que sur d'autres sujets lambda elle va être hyper coincée limite prude. Par exemple : parler de sentiments devant les gens, elle n'y arrive pas du tout, elle passe pour une personne très froide alors qu'en intimité elle est très aimante. En parallèle, elle va parler de la mort avec beaucoup d'ironie et aucun frein, cela peut vite choquer, elle ne sait donc pas trop où se situer. Par contre, si elle se sent elle-même en état de pudeur, et qu'une gêne s'installe, elle ne maîtrise plus du tout le moment, c'est alors que surgissent ses stéréotypies. Elle en a encore beaucoup aujourd'hui. Mais elle en a également lorsque tout semble calme, en dehors de ces périodes de stress, juste pour la bercer. Puis elle va préférer se taire et attendre de digérer les émotions qui l'assaillent pour ensuite revenir sur le sujet quelques jours après.

Quand elle était petite elle devait remonter ses chaussettes très hautes, le plus haut possible et elles devaient être symétriques. Avant de se coucher, elle mettait sept peluches les unes à côté des autres dans un ordre précis à la tête de son lit pour dormir. Ses draps devaient être très serrés sur sa poitrine juste sous son cou et bien bordés de chaque côté. Aujourd'hui, elle fait beaucoup de flapping avec ses doigts. Elle fait tourner ses poignets, se frotte les paumes de mains, se presse les doigts très fort ou les camoufle sous ses jambes. Elle se gratte le visage sans que ça la gratte forcément, quand elle se sent gênée ou agacée. Elle appuie sur ses yeux quand elle se sent angoissée pendant les repas pour éviter la dysphasie. Elle range tout par ordre croissant, couleurs, taille, tout doit être parallèle ça la rassure.

Pascale se considère aussi comme étant trop empathique et elle aide très souvent ceux qui sont dans le besoin. Elle analyse la situation sous tous les angles, si c'est vital ou pas. Pour le reste, elle ne sait pas faire, elle paraît assez froide et maladroite en apparence donc elle préfère s'abstenir. Elle ne sait jamais quoi dire même si intérieurement elle peut être très affectée. Et puis elle a pas mal donné, ça l'a desservi au point de nourrir sa propre perte, alors par instinct de survie elle a dû se blinder et se tracer des limites, des règles restreintes quitte à passer pour un monstre sans cœur.

Elle est d'ailleurs souvent considérée comme quelqu'un de fermé et de hautain de prime abord. Mais c'est dû à son mutisme et sa manière de se mettre en retrait pour se préserver. Elle vit essentiellement dans son esprit et son entourage lui a souvent reproché en pensant qu'elle était toujours dans la lune, tête en l'air ou bien qu'elle était carrément égoïste, parce qu'elle n'écoute parfois pas ce qu'on lui dit ou qu'elle n'est pas présente pendant une conversation. Elle s'entend encore dire qu'elle vit dans son monde, qu'elle rêve sa vie au lieu de la vivre, et ça devient lassant, au fil des ans elle a arrêté de le prendre mal, de toute façon elle n'y peut rien. Par exemple, quand elle monte en voiture, elle peut rester des heures d'affilée sans parler. Au boulot, c'est pareil, certains jours elle doit même se mettre en retrait car elle se sent trop sollicitée. C'est comme si elle avait le tournis, au final, ça l'épuise.

36
Les souvenirs

Elle a du mal avec les souvenirs, hiérarchiser sans dater, se rappeler dans la globalité, elle a toujours eu le souci du détail sur lequel elle focalise, une odeur, un bruit, une couleur. Elle se souvient de l'odeur de l'eau de parfum ou du savon à la lavande de sa grand-mère, du goût des mouillettes au beurre salé trempées dans les œufs à la coque du petit déjeuner, des petites feuilles dodues des plantes grasses qui frémissaient sous le mistral, des ronflements de sieste au rythme de la grande horloge à pendule, les repas dominicaux sur un fond sonore des lettres et des chiffres sur le vieil écran cathodique, de l'odeur de soufre des petits pétards de papillotes en pâte de fruits le soir du réveillon, des veillées musicales, où harmonica, guitare et chants se mêlaient joyeusement, des promenades en garrigue avec son grand-père où les aiguilles de pin passaient dans les interstices de ses sandales et venaient lui piquer les orteils, de la félicité du petit caniche qui, sautant de joie de la revoir, lui filaient ses collants en dentelle avec ses petites griffes.

Elle se souvient de tout, et à la fois de peu, sa mémoire est précise et fine mais sur des moments courts qui finalement ne lui permettent pas de se rappeler vraiment une époque ou une période. Cependant, cette manière de se souvenir lui a apporté la faculté d'avoir un point de vue différent sur les gens ou sur les choses. Ne pas avoir de regrets ou de rancune. Pour elle ce qui compte c'est qui elle est aujourd'hui. Elle n'a ni rancœur ni béate gratitude. Chacun a fait comme il a pu, jouant les rôles qui leur étaient destinés et qui lui ont permis, par réaction, de partir à la rencontre d'elle-même.

Les expériences, bonnes ou mauvaises, l'ont aidé à définir qui elle pouvait être et qui elle voulait être. On ne peut jamais vraiment se connaître totalement, tout est en perpétuelle mutation, l'essentiel c'est justement d'en prendre conscience et de ne pas être contradictoire avec soi en ayant un avis figé sur les choses ou les gens. Son côté binaire s'arrête là, c'est noir ou blanc, c'est bon ou mauvais, mais elle accepte que ça ne le soit pas éternellement juste parce qu'elle a estimé que ça l'était à un moment donné, elle accepte l'immuabilité de la vie, ou tout du moins elle essaie.

Il faut accepter que le pardon soit un cadeau envers soi-même et non envers l'autre. Par-donner nous délivre du joug invisible qu'il existe entre soi et l'autre. Le pardon est la clé de notre geôle et ce n'est sûrement pas l'autre qui viendra nous en sortir. La notion de pardon est déformée depuis la nuit des temps car le bourreau, une fois démasqué, tire toujours la couverture sur lui et se positionne à son tour en victime en exigeant le pardon comme une faveur. Il faut se libérer de cette vision erronée.

Nous sommes seuls maîtres à bord de notre propre navire. Le pardon nous appartient. Nous pouvons donc nous l'offrir.

37
L'aspie-ration

Pascale va bientôt sur sa trente-septième année, cela fait déjà deux années d'écriture, de réflexion, d'introspection, de recherches.

Sa procédure de diagnostic est enfin en cours. Elle a sauté le pas, elle a pris le risque d'aller à la rencontre d'elle-même. Peu importe finalement qu'on la mette dans une case, qu'on l'étudie et qu'on décortique sa façon d'être ou de penser, qu'on la juge sur des échelles de valeurs scientifiques ou médicales, tout ceci n'a plus le goût de la faire reculer. Elle a passé depuis une étape cruciale dans son parcours de vie, à l'aube de la quarantaine, elle a tout simplement décidé d'être. Pas seulement de vivre, mais d'exister pleinement, se permettre enfin d'incorporer son entière capacité avec ses facultés et ses déficits.

Elle a franchi le pas, elle est enfin devenue actrice de sa vie, elle a cessé de subir, elle s'est donné les moyens, elle a cru en elle, en ses capacités, elle a été dans l'action et plus dans la réaction. Elle a surtout la chance d'avoir trouvé une spécialiste ouverte, humaine, calme, qui n'est ni dans le déni ni dans l'utopie.

Cette thérapeute a eu l'intelligence et le professionnalisme de lui proposer un bilan neuropsychologique complet, pas seulement basé sur le TSA mais faire le tour de l'ensemble de son être. Elle a passé la première séance comme une épreuve scolaire, elle avait un nœud à l'estomac, et puis finalement à la deuxième séance elle a été plus à l'aise, elle connaissait les lieux, le déroulé des séances, elle était surtout seule et libre de dire ou d'exprimer qui elle était vraiment, sans camouflage, sans répression, elle a fini par laisser tomber son costume de convenance, on pourrait même dire son armure complète tellement elle avait endossé un rôle qui n'était pas le sien durant de si nombreuses années.

Le contexte de sa vie privée était compliqué et elle vivait dans le chaos le plus total, alors elle s'est rendu compte que passer une heure pour elle, à pouvoir parler ouvertement de ses troubles sans se sentir jugée ou amoindrie, lui a permis de se sentir libre, d'aller à sa propre rencontre et alors elle entrevoit enfin une issue, une voie vers le changement, le chemin vers la liberté.

Elle a déjà hâte de terminer les séances et d'avoir le compte rendu final, savoir enfin qui elle est vraiment, la confirmation de ses doutes et à partir de là pouvoir construire sa vie, celle qu'elle aura choisi de vivre, dans le respect de son être et de ses valeurs !

Étrangement, en déclenchant la procédure et en se donnant les moyens d'accéder à sa propre introspection, elle a déclenché aussi le chamboulement total de sa vie jusqu'à présent si bien réglée mais dans laquelle elle se sentait piégée. Elle y a perdu tous ses repères, elle y a déterré ses peurs, ses angoisses les plus profondes, elle est allée gratter là où ça fait mal et elle a enfin réalisé à quel point elle n'était pas heureuse, à quel point elle n'était pas elle, à quel point elle passait à côté de sa vie. Ni aimée, ni respectée, ni comprise, ni écoutée, elle réalisait à peine que tout ce qu'elle vivait n'était pas normal.

Quand on va à sa propre recherche finalement c'est un peu comme une première rencontre. Il y a cette période de prémices, on rougit, on reste polie, on se donne de petites attentions, on fantasme, et puis on finit par se connaître, enfin, et ça devient du sérieux. Ça fait peur mais c'est grisant.

Pascale a pris son courage à deux mains en mettant un gros coup de pied dans sa vie comme dans une grosse fourmilière bien organisée. Pas par inconscience ou par méchanceté, ni même par esprit de vengeance. Mais par un trop plein de vide. Une sorte de big bang intérieur juste là au creux de son plexus solaire. Comme si de rien elle devenait tout. On lui a levé le voile qui couvrait ses yeux et elle a pris les pleins phares de sa non-vie dans la face. Ça lui a fait très mal mais elle savait que c'était pour son bien. Elle s'est sentie comme un nouveau-né, encore engourdie, et qui prendrait sa première bouffée d'air frais en recrachant tout le passé de ses poumons endoloris.

Elle est passée par toutes les phases. La peur, la colère, la violence, la tristesse, la rage, le désespoir. Et puis tout s'est reconnecté. Elle voit enfin les vraies couleurs de la vie, les vraies gens, elle est toujours elle, mais vivante. Elle est dans l'action, plus qu'une simple observatrice léthargique et soumise du mauvais film dans lequel on voulait la faire jouer. Elle ne joue plus, elle vit bordel !

38
L'ouragan

C'est drôle comme le temps est irrégulier. Il n'existe que parce qu'on le mesure, on le perçoit, on l'endure ou on l'attend. Après des mois qui lui ont paru interminables et où sa patience a été mise à rude épreuve, Pascale a maintenant l'impression que tout s'accélère d'un coup.

Elle a osé, elle a enfin franchi les limites de sa zone de confort, sans réfléchir, sans appréhender et sans même avoir ni le temps ni la force de faire le tour de toutes les possibilités, de toutes les règles et autres conséquences éventuelles liées à son acte. Elle a agi par instinct de survie, tout simplement.

C'est ça vivre, c'est faire, c'est prendre des décisions et en assumer toutes les conséquences quelles qu'elles soient.

Un ouragan a déferlé sur sa vie, bousculant toutes les choses qui l'engluaient dans un confort faussement rassurant. Elle découvre et elle s'adapte. La perte de ses repères est terrible à gérer, d'autant plus que c'est vital pour elle, mais elle est finalement bien moins dure à vivre que si elle ne l'avait jamais provoquée. Que serait-elle devenue si elle n'était pas allée au-delà de ses peurs, de ses croyances et de ses limites ? Est-ce que c'est la bonne décision ? Elle commence enfin à comprendre qu'il n'y a aucune mauvaise décision, il y a simplement des choix justes, à partir du moment où on se choisit d'abord soi-même. Allait-elle le regretter ? Sûrement pas, et ça elle en était sûre cette fois.

Tant que le doute subsiste, on reste sur place, on se questionne, on attend, le doute est sain et nécessaire, il est une étape cruciale à la prise de décision. Mais alors qu'il laisse place à la certitude, et avant même qu'on puisse prendre assez de recul pour se poser de nouveau les bonnes questions, on a déjà avancé, plus loin même que ce à quoi on s'attendait.

Maintenant, elle le saura, si un ouragan arrive dans sa vie, elle ne se cachera plus, elle n'ira pas se mettre gentiment à l'abri, elle ne se conforterait pas dans ses petites habitudes rassurantes, celles-là même qui l'éteignaient à petit feu sans qu'elle s'en aperçoive. À compter de maintenant, elle ira droit devant, elle se jetterait au cœur de la tempête, elle bravera les ombres de ses propres projections, parce qu'elle sait qu'au final, quand le vent se calme et que tout retombe en fracas, elle en sortira plus forte, debout et ancrée dans son destin. Elle aura le pouvoir de ses agissements, de ses choix et donc de sa vie.

39
Le bilan

Pascale a fini par se réconcilier avec le domaine médical et elle a revu son jugement qui était essentiellement dirigé par ses craintes. En étant suivie par une clinicienne compétente et humaine, son bilan a été fait en douceur et jamais elle n'a été catégorique, ni dans un sens ni dans l'autre. Elle fait bien partie du spectre autistique de haut niveau, elle peut enfin dire qu'elle est autiste Asperger, sans honte, sans se cacher, en se sentant enfin pleinement légitime.

Elle prend conscience de ses acquis et de ses valeurs, elle va pouvoir rejeter en masse toutes les vilaines accusations dont on a pu l'accabler pendant toutes ces années, elle va enfin pouvoir accepter qui elle est. Elle a également plein de projets en tête, comme si elle reprenait les rênes de sa vie. Avec cette étrange impression d'avoir été anesthésiée pendant tout ce temps.

Avec un haut potentiel intellectuel, mais un QI hétérogène, donc non quantifiable, elle se sait maintenant en sur-efficience, comme elle avait pu le penser à une époque au début de ses recherches, ce qui lui confère donc un certain délai de traitement de l'information et un décrochage rapide de concentration, surtout quand le sujet étudié ne l'intéresse pas ou ne la nourrit pas.

Et maintenant, elle ne sait pas comment terminer son livre. Ce serait clore un premier chapitre et rester là, sur cette fin en demi-teinte, tandis qu'en réalité pour elle c'est une nouvelle vie qui commence, la seconde moitié de son existence. Comment dire avec des mots simples, toutes ces choses qui lui ont paru compliquées toutes ces années et qui finalement deviennent fluides et limpides aujourd'hui, en si peu de temps.

Aujourd'hui, elle refait le parcours entier, elle retrace les faux pas, les erreurs de parcours, les doutes, les embûches, en connaissance de cause elle peut enfin faire le tri de ce qui était vraiment inhérent au syndrome et ce qui était surtout dû au stress post-traumatique de cette douloureuse épreuve relationnelle. Et elle peut balayer ce qui ne sera plus jamais, ce qu'elle n'acceptera plus et poser enfin les balises de ce qu'elle veut vraiment. Si on lui avait dit il y a quelques années en arrière, qu'elle serait capable de gravir une telle montagne, non seulement de se rendre au sommet mais de pouvoir ensuite contempler la vue sublime et infinie du monde qui s'offre à elle, elle ne l'aurait jamais cru possible.

Elle veut en faire un chemin exemplaire, elle a enfin compris que sa demande de petite fille a été entendue, elle a trouvé sa mission de vie, sa vocation, mais elle devait emprunter elle-même ce chemin pour le faire valoir aux autres. Plus elle avance, plus elle reçoit l'abondance et la certitude d'être là où elle doit être, aimée et aimante dans l'amour universel de la source dont nous faisons tous partie. C'est par sa propre thérapie qu'elle a eu l'éveil de conscience d'en faire don au monde. Et c'est par l'art qu'elle pourrait donner le meilleur d'elle-même. Faire le lien entre l'art et la thérapie est devenu une évidence. Ça passerait par les mots, l'écriture est un don inestimable que la source nous a offert, c'est par l'écriture même que tout a commencé.

40
La gratitude

Si vous êtes dans la brume ou le brouillard épais d'une tempête de votre vie, ne désespérez pas, jamais, soyez toujours convaincu de vos ressentis, de vos voix intérieures qui vous interpellent et vous font signe. Donnez-vous les moyens, sans pression, sans délai, sans obligation de résultat si ce n'est seulement de ne jamais vous abandonner. Ne vous laissez jamais tomber vous-même. Vous êtes votre meilleur allié, tendez-vous la main, regardez-vous avec empathie et bienveillance, prenez soin de l'enfant qui est en vous et qui croit encore que tout est possible, ne brisez pas vos propres rêves.

Pascale le sait maintenant, elle est une guerrière, nous le sommes tous à notre façon. Elle a passé des années à lire des livres pleins de jolies phrases et de proverbes prometteurs de meilleurs lendemains, mais finalement les mots n'ont de puissance que si on croit en eux, tout comme vous n'aurez de réel pouvoir sur votre vie que si vous croyez en vous.

Aujourd'hui encore elle traverse des jours plus faciles que d'autres. Mais elle se permet d'être, elle s'autorise l'imperfection, la maladresse, la fatigue, les troubles. C'est en étant dans la gratitude permanente qu'elle arrive petit à petit à lâcher prise, elle observe l'émotion qui la traverse et au lieu d'y succomber et de la nourrir négativement, elle la visualise, elle l'accepte et la laisse se fondre en elle, puis elle la transforme en quelque chose de créatif. C'est une réelle chance d'avoir compris cette grande leçon de vie à l'aube de ses quarante ans. Bien sûr, il y aura des hauts et des bas, bien entendu elle aura encore mille épreuves à traverser, mais cette fois elle sait, elle a compris que la destination n'était pas le but, elle a engrammé en elle la plus belle arme qu'elle puisse avoir pour braver au mieux les expériences de vie, la confiance.

Postface

Tant d'années que je croyais perdues, tant de temps que je pensais avoir gâché, alors qu'en réalité il n'y a pas de notion de temps, ou plutôt le temps est illimité. Il n'y a pas d'espace non plus, tout est lié et tout est sans fin. Mon autisme et ma dyspraxie n'ont jamais été un handicap au final mais simplement une perception juste et différente de la réalité qui nous entoure vraiment. C'est parce que je n'ai pas ce filtre commun que j'ai pu traverser les mailles du filet. Chaque faux pas, chaque erreur, chaque douleur est aussi important dans la construction de nos vies que les bons moments. Ils sont une occasion rêvée d'aller creuser un peu plus nos failles. Il suffit de les comprendre, de les accepter puis de les guérir en les comblant d'un amour inconditionnel, sublimé à l'or fin, afin de les mettre en valeur. Ce sont les briques nécessaires et indispensables à la solidité de nos édifices. C'est la perception que nous en avons et la compréhension que nous en faisons qui nous construisent.

Nous traversons cette vie comme nous pouvons contempler les deux faces d'une médaille. Il n'y a jamais de jour sans obscurité, de vérité sans son contraire. Tout est orchestré pour nous permettre de nous élever et devenir les créateurs d'une vibration unique et universelle, d'un amour transcendant aussi vaste qu'un univers sans limites.

Il n'est jamais trop tard pour s'éveiller, prendre le pouvoir sur sa vie et partir à la conquête de soi. L'écriture est la plus simple des thérapies mais la plus profonde des méthodes de guérison. C'est en partageant avec vous mon épreuve de résilience et mon parcours thérapeutique que je peux enfin emprunter mon chemin de vie en toute confiance et avec sérénité. C'est en me perdant que je me suis trouvée, c'est en me trouvant que je me suis aimée, et c'est par ma propre expérience que je souhaite aujourd'hui vous tendre la main et vous accompagner dans la merveilleuse aventure de votre vie.

Je me suis relevée de mes combats, ils ne seront pas les derniers, mais je sais enfin qu'il n'est pas vain de chuter et encore moins de lutter impulsivement. Nulle tempête n'est insurmontable, nul trauma n'est invincible, vous avez comme tout le monde le pouvoir de créer votre vie. Et à l'aube de mes 40 ans, je m'offre tout simplement ce droit.

Praticienne en art thérapie dynamique et écriture thérapeutique, je vous aide à reprendre confiance en vous. Au fil du temps, voyager à l'intérieur de soi ; au fil des sens, explorer ses émotions ; au fil des mots, exprimer ses peurs ; au fil des couleurs, libérer sa lumière créative.

Et si vous partiez avec moi à la découverte de votre potentiel créatif ?

Imprimé en Allemagne
Achevé d'imprimer en octobre 2021
Dépôt légal : octobre 2021

Pour

Le Lys Bleu Éditions
40, rue du Louvre
75001 Paris